追放された転生貴族、
外れスキルで
内政無双
～気ままに領地運営するはずが、スキル『ガチャ』
のお陰で最強領地を作り上げてしまった～
1
白石新
Illust. 転

CHARACTER

HAZURESKILL DE NAISEIMUSOU

ヒロ＝ローズウェル

外れスキルを授かったことで実家を追放された少年。追放先の辺境領地で1人でのんびり領地運営する予定だったが、スキル『ガチャ』が発動したことで事態が一変する。

ゴル

ヒロのスキル『ガチャ』で召喚されたドラゴニュートの幼女。「伝説の神龍」と呼ばれる存在だが、いろいろと力加減ができない。

アメリア

大森林最強と名高い戦闘種族の猫耳少女。瀕死のところをヒロのエリクサーに助けられ、一緒に行動するようになる。

古代龍

日本食大好きなドラゴン。神龍であるゴルの気配に気付いてヒロのもとに現れる。ヒロ達と一緒にゴルを育ててくれている。

スミノフ

ヒロとアメリアを襲った山賊の頭領でSランクの賞金首。元は「剣聖」と呼ばれた実力者。ヒロの領地の領民となる。

オリバー＝ローズウェル

ヒロの父親である伯爵。自分本位な性格で、息子のヒロのことも便利な道具として見ている。

氷結魔法を行使……
狙う先は――
的の真ん中!!

追放された転生貴族、外れスキルで内政無双

~気ままに領地運営するはずが、スキル『ガチャ』のお陰で最強領地を作り上げてしまった~

1

白石新

Illust. 転

HAZURESKILL
DE
NAISEIMUSOU

目次

プロローグ

僕の名前は飯島弘《いいじまひろし》、先日会社をリストラされた二十九歳のアラサーだ。

そして今、脳裏を流れているのは走馬灯。

いきなりだけど現状……僕は死にかけているわけだ。

思い返せば、改めて僕の人生は不幸だったなと思う。

――運命の歯車が狂い始めたのは十七歳の時だろうか。

公立の進学校に通っていた僕は、父さんの「お前は学《がく》をつけろ」との言葉の通りに我武者羅に勉強をしていた。

中卒で社会に出た父さんは、それはそれは苦労をしたようで、子供には同じ思いをさせたくなかったということらしい。

で、進学校には通っていたけれど、僕は別に頭が良い方ではなかった。

自分と違って地頭が良い人種の集まりの中に入れられてしまって、そりゃあ最初は絶望したもんだ。

まあ、頭の良い人たちが一時間勉強して理解するところ、二時間くらいで同じ結果を出せるくらいのレベルの僕だったわけだね。

でも、努力に勝る天才無しとの言葉が、僕の心のよりどころだった。

つまりは一日十二時間勉強すれば負けはしない。その信念のおかげさまで、成績は順調だった。

模擬試験でも国立大学のA判定が出て、僕の人生はそれなり程度に推移する……はずだった。

しかし、高校三年生のある日、母さんがガンで倒れたんだ。

お世辞にも裕福な家庭とは言えない僕の家は、母さんのパートという収入を失ってすぐにカツカツになった。

僕自身もアルバイトをしようと思ったのだけど「大学に合格してからにしろ」と父親に一喝され、その希望が認められることは無かった。

その結果として父さんは昼間の仕事の他に、夜の交通整理の仕事を始めることになった。

そして訪れたのが、忘れもしないあの日だ。

交通誘導中の父さんは泥酔したトラック運転手に撥《は》ねられ、即死だったそうだ。

昼夜問わずに働いて、フラフラの状態だったのも撥ねられた原因の一つだった。

そして母さんも後を追うように、ガンに命を刈り取られた。

更に言えば、トラック運転手は借金漬けの男だった。

賠償金を取る権利はあるけれど、支払い能力が皆無という話だ。

本人も「金を取れるものなら取ってみろ」と開き直っている様子で、最早……どうしようもない状態だった。

そして残されたのが、高校三年生の僕と中学二年の妹だった。

けど、不幸中の幸いといえばあれなんだけど、仕事中の話でもあり保険金が出るという話だった。

かなりの金額が出るということで、合格の後に僕もバイトを入れれば、どうにかこうにか妹の分も含めて大学の間はやりすごせそう……そんな感じだった。

けれど、僕たちに支払われる前の保険金を、一時的に預かっていた交通整理の会社が倒産したんだ。

そして社長の夜逃げの時に、そのお金は綺麗さっぱりと持ち去られることになる。

結局のところ、僕たちは父親が亡くなったことに対する一切の金銭的な見返りは得ることが無かったのだ。

——もしも、トラックの運転手がまともだったなら？

——もしも、交通整理の会社が倒産しなければ？

思うことはいくらもあったけど、僕はその時に覚悟を決めた。

つまりは、大学受験を諦めて就職しようと。

「お天道様に恥じない生き方をしろ。宮沢賢治《みやざわけんじ》の『雨にも負けず』のように……な」

いつもそう言っていた父親に「妹のためにそうすべきだよね？」と、心の中で尋ねると、小さく頷いたような気がしたのが決定打だった。


――当時は就職に厳しい時代だった。

学歴の良い人たちですら何十連敗という絶望的に凍てついた就職活動戦線。

そんな中、僕はなんとか星川工業《ほしかわこうぎょう》の社長さんに拾われることになったんだ。

周りの話では労働環境は結構……いや、無茶苦茶なブラック企業だという話だった。

だけど、妹の為なら頑張れた。

額に汗を流してのキツイ労働は、そりゃあ辛いこともたくさんあった。

けれど、ちゃんと楽しく笑える時間もあったし、僕としては生計が成り立っているという事実に感謝の日々だった。

と、そんなある日――

「お兄ちゃんって国立大の理系狙いだったんでしょ？　A判定貰ってたのに……どうし

て……？　私なんて普通の高校しかいけないのに……なんでお兄ちゃんが働いて、私を進学させるの？」

「まあ、僕のことは良いんだよ」

「何でいつもいつも私のために頑張ってんのよ。今働いているところだって酷い労働環境って話じゃない」

「社長さんのことは悪く言っちゃダメだよ。この就職氷河期の中、僕を拾ってくれたのはあの人だけだ。ある意味、僕は恩を受けているんだからさ……」

「でも……」

「父さんがいつも言ってただろう。恩を受けたら感謝して、ちゃんとお返しをしないとって。宮沢賢治の『雨にも負けず』みたいに生きろってさ」

「そこまで『雨にも負けず』を地で行くような人は初めて見たけど……。まあ、お兄ちゃんは私が言っても絶対聞かないよね。でも、これだけは言っとくけどさ」

「ん？　何だい？」

「高校行ったらバイトは限界まで入れるからね！　自分の生活費や学費くらいは自分で稼ぐからさ！」

「お前はそういうことは気にしなくて良いんだ」

「気にしますっ！　当たり前でしょっ！」

と、まあそんな感じで、兄妹の関係は良好だった。

——周囲の全てに恩を感じて感謝し、その恩を周囲に還元しろ。

つまりは、それが僕の父親の口癖であり、遺言のようなものだった。

そして、その教えは恐らくは妹との良好な関係の構築に一役買っている。

そう考えると、やはり父さんの教えは間違いではない……と、そう思わざるを得なかったのだ。


そして時は流れて——。

三十歳を目前にして会社をリストラされた僕は路頭に迷っていた。

つまりはその日、僕は職を求めて街を彷徨《さまよ》い歩いていたんだ。

学歴も無ければ、スキルも無い。

僕の取り柄と言えばお人好しと真面目ということだけだ。

さすがに十年以上勤めた会社を「勤続年数も長くなって比較的高給取りになったから若いのを雇う」という、身も蓋もない理由でクビになったのには思うところはある。

かつて会社を去った多くの他の人たちがそうしていたように、社長の星川《ほしかわ》さんに文句の一つでも呟きたくなった。

けれど――と、僕は首を軽く左右に振った。

「それでも、十年の間……僕の生活が成り立っていたのは社長のおかげなんだ」

全てに恩を感じて感謝する。

宮沢賢治の「雨にも負けず」のように……そんな風に僕は生きたい。

今は妹も嫁いで幸せにやっているし、それも星川さんのおかげで僕たち兄妹の生活が成り立ったからだ。

なら、やっぱり感謝するべきだろう。

ここで恨みの感情を抱いても、何も進まないしね。

と、そこで僕の目の前に、児童公園からゴムボールを追いかけて飛び出してくる子供が目に入った。

そして、間の悪いことに道路には法定速度を超えて猛烈な速度で走ってくるトラックが見えたんだ。

「危ない！」

子供を突き飛ばし、トラックと盛大にぶつかった僕は宙を舞った。

アスファルトに落下し、衝突の勢いそのままにゴロゴロと転がる。そして、電柱に頭からぶつかった。

「う……」

わずかに起こした上半身から眺める光景は、良くないものだった。

お腹に何かが刺さっているし、腕と足も変な方向に曲がっている。

ああ、これは助からない。


――そして始まる走馬灯。


時間にして数秒……あるいは数瞬のことだったのかもしれない。

終わりを悟った上でこれまでの全てを振り返った時――僕の胸に黒い感情が芽生えた。

五臓六腑から染み出てくる、ドス黒く熱いモノ。

これは恐らく、生まれて初めて抱く……恨みという感情だ。


――誰も恨まずに、黙って耐えて生きてきた

――運命を受け入れ、けれど全てに感謝して必死に真面目に生きてきた

だけど、その結果がリストラされた上に……このザマだ。

——僕の人生は一体……何だったんだろう？

今までの僕の人生に、思うことなんていくらでもある。
人生の羅針盤は父さんの教えであり、つまりは宮沢賢治の『雨にも負けず』だった。
そういう人に……僕はなりたかった。
けれど、ことここに至っては、思わずにはいられない。

——そりゃないよ……父さん。そして、宮沢賢治さん

事実、父さんもロクな死に方をしていない。
お葬式に来た友人はとても多かったし、だからこそ父さんは正しいと僕は思った。
けれど、今では家に線香をあげにくる人間なんて親族以外にいやしない。
だから、僕は——

——この世の全てを恨まずにはいられない

そして、腹の底からのうめき声と共に、地球上の全てに捧げる呪詛の言葉を叫ぼうとするが……力が入らない。

内臓から、そして全身から溢れ出る黒い感情を外にぶちまけたいが、僕の感情は……どうにも声にすらなってくれない。

ただ、口から零《こぼ》れるのは「ハヒューハヒュー」という掠れた息が漏れる音だ。と、その時——

——僕の全身から黒い感情が瞬時に消え去った
何故なら、助けた子供にケガ一つない姿が目に入ったからだ。

良かった……。

ちゃんと助かっていたんだ。

気づけば、先ほどまでの黒い感情は、本当に笑えるくらい簡単に消えていたんだ。

そして、代わりに胸の中を温かい何かが満たしていく。


——僕の人生は何だったんだ？

先ほどの自身への問いかけに、今なら胸を張って僕は応えることができる。

――子供の命を助けることができた。

人生の締めくくりに、ただそれだけで悪い人生じゃなかったと……心の底からそう思える。

――そんな風に思える自分に育ててくれてありがとう。父さん、母さん。

妹は結婚したし、旦那さんは僕なんかと違って社会的立場もある……立派な人だ。
もう、あの子には何の心配もいらない。
僕自身も独身だし、後顧に憂いなんて、何もない。
なら、死ぬ間際に人を一人救えたのなら……それができたなら上等だ。
後悔なんて、何もない。
ねえ父さん？　僕は宮沢賢治の「雨にも負けず」のような人になれたかな？

――そんな人になれたかな？

そして気づけば、心はただ溢れんばかりの光に満たされ、やがて僕の意識は消え入るように大気に溶けていった。

と、最後のその時——僕の頭の中に機械のような音声が響いた……ような……気がした。

——ピロリロリン♪

これまでの飯島弘の人生を基に、転生先でのキャラクターメイキングを開始します。

度重なる不運に対し、前向きで実直に、ひたむきな姿勢で臨んだことにより、【神々の寵愛】対象に認定されました。

平等性の観点からも転生先にて、現世での不遇の調整を行うために強力なスキルを付与します。

——スキル【善行ポイントガチャ】を付与します。

現世での善行ポイントを消費し、スキル【ガチャ】発動。

現在の転生予定先……貧村の農民……生後二歳で大飢饉《ききん》が予想されます。リセマラします。

次の転生先……騎士の家系……生後七歳で大国間の戦争による父親の落命が予想されます。

リセマラします。

次の転生先……獣人奴隷……リセマラします。

次の転生先……貴族の家系……生後十歳までの不運を確認できず。適切と判断しました。

転生ガチャ終了。

転生先はアズガルド帝国の伯爵家としてキャラクターメイクしました。

これにて、飯島弘は地球での人生を閉じ、アズガルド帝国での伯爵家：ローズウェル家に転生します。

また、神々の寵愛により、生前の特性がキャラクター固有スキルとして付与されます。

宮沢賢治【雨にも負けず】、そんな人になれたので、それを基にしたスキル群をもってキャラクターメイクを終了とします。

なお、本人の特性を考慮し、耐久特化の防御タイプをキャラメイク基本指針とします。


雨にも負けず──

ピロリロリン。【水属性攻撃耐性】を付与。（耐性倍率二・〇倍）

風にも負けず──

ピロリロリン。【風属性攻撃耐性】を付与。（耐性倍率二・〇倍）

雪にも夏の暑さにも負けぬ――

【氷結・核熱・その他魔法攻撃耐性】を付与。（耐性倍率二・〇倍）

丈夫なからだをもち――

【巨神タイタンの加護】が付与されました。ＨＰに倍率三・〇倍の補正。

【無病息災】が付与されました。自身及び配下の健康が促進されます。

【イージスの盾】が付与されました。自身及び配下に対するデバフが無効になります。

慾はなく――

【賢者：無我の境地】が付与されました。全魔法攻撃耐性に倍率三・〇倍の補正。

決して怒らず――

【明鏡止水】が付与されました。物理攻撃耐性に三・〇倍の補正。

いつも静かに笑っている――

【軍団指揮】【領地運営】が付与されました。みんなで笑っているという解釈で、部下の全ステータスに二倍の補正。(自身も含む)

一日に玄米四合と――
【質実剛健】が付与されました。物理攻撃耐性に二倍の補正がかかります。

味噌と少しの野菜を食べ――
【八百万《やおよろず》の神の豊穣】が付与されました。誰もが認める美味しい野菜ができます。収穫までの期間も半分になります。

あらゆることを自分を勘定に入れずによく見聞きし分かりそして忘れず――
【百識】が付与されました。魔法攻撃耐性に二倍の補正。
【古代の叡智】が付与されました。核熱攻撃耐性に一・五倍の補正。
【神々の禁忌:量子力学の真理】が付与されました。核熱攻撃耐性に二・〇倍の補正。

野原の松の林の陰の小さな萱ぶきの小屋にいて――
【城門堅固】が付与されました。庇護下にある人員のステータスに二・〇倍の補正(自身も含

む）

東に病気の子供あれば行って看病してやり、西に疲れた母あれば行ってその稲の束を負い――

【ナイチンゲール】【癒しの御手】が付与されました。それぞれ回復魔法に四・〇倍の補正。

南に死にそうな人あれば行ってこわがらなくてもいいと言い――

【ネクロマンサーの秘術】が付与されました。アンデッドと会話ができるようになります。

北に喧嘩や訴訟があればつまらないからやめろと言い――

【百獣王の一喝】が付与されました。獣種や龍種から一目置かれやすくなります。

日照りの時は涙を流し寒さの夏はおろおろ歩きみんなにでくのぼーと呼ばれ――

【むしろ貴方が巨神自身】が付与されました。精神攻撃無効、物理攻撃耐性及びＨＰに五倍の補正。

褒められもせず苦にもされず、そういうものにわたしはなりたい。

【超人】が付与されました。全ステータス倍率二倍の補正。

以上で、飯島弘のキャラクターメイクを終了します。

転生時点での各種バフまとめ（出産以降に後天的に獲得した血統及び後天的習得スキルは含まず）

★ステータス倍率（上記補正に更に掛け算）
8倍＝2（超人）×2（軍団指揮）×2（領地運営）

★各種詳細倍率
・HP倍率
240倍＝3（巨神タイタンの加護）×2（城門堅固）×5（むしろ貴方が巨神自身）×8（ステータス倍率）
・魔法攻撃耐性倍率

96倍＝2（各種基本耐性）×3（賢者：無我の境地）×2（百識）×8（ステータス倍率）
・核熱攻撃耐性
288倍＝96（魔法攻撃耐性倍率）×1・5（古代の叡智）×2（神々の禁忌：量子力学の真理）
・物理耐性
240倍＝3（明鏡止水）×2（質実剛健）×5（むしろ貴方が巨神自身）×8（ステータス倍率）
・回復魔法倍率
128倍＝4（ナイチンゲール）×4（癒しの御手）×8（ステータス倍率）
★部下関係倍率
・部下ステータス倍率
8倍＝2（軍団指揮）×2（領地運営）×2（城門堅固）

★その他
・八百万の神の豊穣
美味しい野菜を通常の半分の期間で作れます。（領地バフ）
・ネクロマンサーの秘術
アンデッドと会話ができるようになります。（交渉スキル）
・百獣王の一喝
森のみんなと仲良くなれます。（交渉スキル）
・無病息災
自身及び配下の健康が促進されます。（耐性及び薬学スキル）
・イージスの盾
自身及び配下に対するデバフが無効になります。

神託の日、文字化けスキルはバフ効果爆盛りでした

サイド：ヒロ＝ローズウェル（十二歳）

と、そんなこんなでローズウェル伯爵家長男として、僕は異世界に転生した。
ちなみに十二歳の僕の見た目は、線の細い黒髪の美少年みたいな感じになっている。
いや、ネット小説とかでそういう存在は知ってはいたんだよ。
けど、まさか本当に異世界転生があるとは……と、最初は驚いたものだ。
それはさておき、僕が生まれた家はとても裕福だった。

――天蓋付きのベッド
――大理石の廊下
――朝食から出てくる二十品目の贅を尽くした料理
――そしてかしずく使用人たち

物心がついた辺りで、僕は自身が転生者だと自覚したわけなんだけど、それはそれは凄い生

活だった。

後から聞いた話によると、僕が生まれた辺りから農作物の栽培に異変が起きたらしい。

と、いうのも作物の収穫期間が半分になるという、とんでもない状況になっていたんだ。

こういう現象はこの世界ではたまに起きることで、神々の天啓と呼ばれるような珍しい現象とのこと。

過去の例からすると、特定の地域に百年程度続く自然現象らしい。

で、そういう事情もあってローズウェル家は恐ろしく裕福になって、金遣いも荒くなって……。

と、豪奢な生活にはそういう事情もあったらしい。

そして、僕自身としては贅沢三昧は一か月で飽きた。

っていうか、当時僕は五歳くらいだったと思うんだけど、その頭の中は成人男性だ。

ここの文明レベルは中世ヨーロッパ程度。

当然ながら、貴族の生活は庶民の血税で成り立っているのを僕は知っている。

しかも重税の影響で、貧村のほうでは口減らしのために娘を奴隷商人に身売り……そんなことも行われているそうな。

――当然、そんな話を聞くと贅沢な暮らしは僕の精神にダメージを与えることになるわけだ。

んでもって、僕は転生者なわけで、当然ながら現代の知識もあるわけで。

とりあえず、飢饉が起きた程度で餓死者が続出するような生産状況で、僕たちのこの暮らしはやっちゃいけないことだけはすぐに分かった。

そして、僕の知識は内政関係で役立つこともあるだろうし、その自信もある。

けれど、ただの子供に政治や農村改革なんかの発言権なんか……あるはずもなかった。

しかし、僕には希望があるのだ。

と、いうのもこの世界の貴族には、十三歳の成人の儀式のときに【神託スキル】というものが与えられる。

帝都の大聖堂で大司教様……というか神様から【領地の農作物の加護】や【軍団指揮系】のスキルを貰えるらしい。

例えば僕が授かる可能性が高いのは、領地運営系だとこの二つだ。

【豊穣小神セネーの微笑み】

【風と大地の恵み】

この二つは農作物の成長速度が一・一倍になるというスキルで、両方合わせると一・二一倍になるということ。

まあ、両方授かるのは中々ないけれど、間違いなくどちらかは貰える感じらしい。

そして軍団指揮系のスキルで言うと――

【巨人の血脈】

【龍の加護】

この二つは、指揮する軍勢のＨＰがそれぞれ一・二倍になるものだ。

数千人とか数万人規模での強化になっちゃうので、合わせて一・四四倍という補正倍率がどれほど強烈な効果なのか……それは推して知るべしというところだろう。

ちなみに僕の家は軍人の家系で、国家の守護盾と呼ばれている由緒ある家系らしい。

なので、この二つを長男が授かるのはほとんど確定という話だ。

っていうか、そういう家系だから伯爵家となっている。

そして稀に長男が貰えるのが、更にＨＰが一・五倍となる【神龍の加護】というものらしい。

これを全部合わせるとＨＰが二・一六倍とかいう……バカみたいなことになるので、僕としてはここは絶対に貰いたくない。

だって、そんなスキルを貰っちゃったら間違いなく国家間の戦力バランスが崩れちゃう。

そうなると、こっちが加害者の侵略戦争とかが起きかねないレベルだからね。

「ともかく、一週間後には僕も成人だ」

とはいえ半人前以下の子供だし、税金関係にいきなり口を出すことはできないだろう。

けれど、農村の技術開発程度にならら、少しは口を出せるようになるはずだ。

まずは農耕機械の革命に、テンサイからの砂糖精製。

他にも貝殻を砕いて作った炭酸カルシウムでの肥料革命。

やりたいことは山ほどある。

――まずは僕の国から餓死者を減らす！

そうして僕は意気揚々と、十三歳のスキル神託の儀式へと臨むことになった。

★☆★☆★☆★☆★

ってことで、神託の日になった。

この世界での成人年齢――つまりは十三歳になった僕は王都の神聖教会大聖堂に立っていた。

ステンドグラスの光に彩られた中、大司教様が神のお言葉を受けるというのがこの国の大貴族の通例となっている。

大司教様が持っているのはスキルプレート。

そこには僕の名前が書かれていて、祈りを捧げるとそこにお告げの文字が浮かび上がってくるという寸法らしい。

と、黙って御祈りを聞いていると、そこで大司教様の体表が淡く輝き始めた。

後光がさしている――ということは、こういうことを言うのだろうか。

あるいは、光輪を背負っているというべきかな。

ともかく、天使様か大仏様みたいに神々しい感じになった大司教様はスキルプレートを眺めて小さく頷いた。

そして、しんとした大聖堂に、大司教様の言葉が響き渡った。

「それではヒロよ。神から授かりし汝のスキルを告げる」

僕だけじゃなくて、背後に控える父上と護衛の人たちまでもがゴクリと息を呑む。

そうして、いよいよ大司教様のお言葉が大聖堂に響き渡った。

「汝のスキルは――【豊穣小神セネーの微笑み】　栽培成長速度一・一倍　【風と大地の恵み】　栽培成長速度一・一倍だ」

そこで、後ろの方で「でかした！」という父上の声が聞こえた。

まあ、ウチの父上は金銭欲が凄いところがあって、軍人家系だというのにお金のことばっかりだもんね。

見た目は軍人の家系らしく、眼光も鋭いし、総白髪の長髪オールバックも似合ってて、中々に渋いオジサマって感じなんだ。で、服装なんかもやっぱり軍人らしく過度に豪奢に着飾るって感じではない。だけど、その実は……使ってる布地とかは派手に着飾る見栄っ張りの貴族もビックリの値段らしいし。

それはともかく、農業系スキルはどちらか一つが取れれば良い感じらしいし、二つ取れれば父上からすれば嬉しいだろう。

「それと……汝の他のスキルは【ガチ……】となる」

「ガチ……？」

「いや、文字がかすれて読みにくいのだ」

む？　ガチとは何のことだと僕は小首を傾《かし》げる。

「それで……効果は何なのでしょうか？」

「通常はスキルプレートに効果が書かれるのだがな。今回は何やら怪し気な文字が並んでいるだけだ」

スキルプレートを手渡された僕は、そこに浮かんでいる文字に絶句する。

「な、何ですか……これは!?」

と、言うのもスキルプレートにはこんな感じで文字が書かれていた。

・スキル【ガチあｈｓｘｂｌ】
繧ｨ繧ｹ繝√I繝ｳ繝棚?繧ｯ(?)縺ｫ鄂ｮ縺肴鋤縺医·i繧後※縺?k譁?ｭ怜喧縺代?驛ｨ蛻??縲 縲梧ｭ
蝣ｱ縺悟､ｱ繧上

l縺ｦ縺?k譁?ｭ怜喧縺代?阪〒縺ゅ.j縲√◎縺ｮ驛ｨ蛻??蠕ｩ蜈?〒縺阪∪縺帙ｓ縲譁??菴薙′縲
悟腰迢ｬ縺ｧ蝗牙?
縺ｪ譁?ｭ励?阪□縺代〒讒区?縺輔ｌ縺ｦ縺?ｌ縺ｰ縲∝ｿ?★蝗悟?縺ｫ蠕ｩ蜈?〒縺阪∪縺吶?　縺溘
□縺励?悟腰迢ｬ縺ｧ蝗牙?縺ｨ譁?ｭ励?阪?騾ｲ蛹悶?譁?ｭ
′縲悟腰迢ｬ縺ｧ蝗牙?縺ｨ譁?ｭ励?阪〒縺ｯ縺ｨ縺??ｴ蝓←縺ｯ縺ｨ縺ｫ→縺?譁?ｭ怜喧縺代←縺ｨ縲
九%縺ｨ繧ゅ＃繧翫∪縺吶?

なるほど、確かに文字化けしている。これじゃあ説明できないのは当たり前だ。

「何ですか!?　ガチというスキルは……一体全体なんなのですか!?」

狼狽する父上に、大司教様は沈痛の面持ちで口を開いた。

「ワシの担当では初めてのことなのでな、ローズウェル卿」

「そ、それで……他のスキルはどうなっているのです!?　軍団指揮系スキルは!?」

「無いのだ」

「……え？」

「残念ながら、守護盾の家系として授かるべきスキルは何もない」

「ヒロ！　私にもスキルプレートを見せるのだ！」

父上は僕からスキルプレートを奪い取ると、そのまま表情を青ざめさせていった。

「そ、そんな……伯爵家の当主が……守護盾としてのスキルを何一つ持たないなんて……」

そうして大司教様は、更に暗い表情をして言葉を続けたんだ。

「それに……言いにくいことなのだがな、ローズウェル卿」

「言いにくいこと？」

「このような面妖なスキル表記の場合、非常に危険なことになる可能性が高いのだ。実はワシは聖騎士団出身で……聖都で吸血鬼狩りの研究を専門にやっておった」

「はい、大司教様の経歴は存じております」

「スキル【流血と混沌の大河】。聞いたことは無いか？」

「西方の小国が滅んだという……未曽有の吸血鬼事件ですか？」

「吸血公爵ブラドのスキルだよ。彼はポロスターファ国の公爵だったのだがな……二十歳の日食を期に吸血鬼化し、高位ヴァンパイアを次々と生産し……そして国が滅んだ」

「まさか、その男は神託の儀式で……？」

「後になってからスキルプレートも解読可能な状態になったのだがな。まあ、その時も最初はこのような面妖なスキルプレートだったらしい。とはいえ、気を落とされるな。そういう事例があるだけということで、ヒロがそうと決まったわけではない」

「そうなのですか……時に、他にはどんな事例が？」

ほっとした様子でそう尋ねる父上に、大司教様は肩を落としてこう答えた。

「他にはスキル【魔女の禁薬】。伝染病を振りまいて、東方の島一つが滅んだのは覚えておるだろう？」

「な……っ⁉　他には？」

「スキル【貧乏神】。領地の農作物の育成速度が異常に遅くなった……」

「他には？」

「スキル【天災】。地震と津波で大変なことになった……」

大司教様の語る衝撃的な内容に、ただただ僕はその場で呆然と立ち尽くすことしかできない。

いや、でも……そんな……まさか……。

「他には？」

「スキル【魔王の申し子】、スキル【血塗られた逆賊】、スキル【皆殺しの……】」

そこで父上は「もう何も聞きたくない」とばかりに耳を塞いだ。

僕も同感で、もはやこれ以上……何も聞きたくない。

そうして父上は深い――深い溜息の後に口を開いた。

「もう……よろしいです」

「非情に珍しい現象だが、ほとんどの王侯貴族はこのような場合……辺境の地に息子や娘を追放するのが常道だ。ところで、もう一つ預かっていたこのステータスプレートなのだがな？」

「ヒロの双子の弟の、マリソンですか？」

「うむ。通常、嫡男以外にスキルは与えられることは無く、奇跡的に授かっても……それは直系嫡男よりも弱いものとなる」

「ええ、その通りですね」

「ところがだ……今回はとんでもないことが起きている」

「とんでもないこと?」

「マリソンが授かったのは、【豊穣小神セネーの微笑み】栽培成長速度一・一倍、【風と大地の恵み】栽培成長速度一・一倍、【巨人の血脈】軍団HP一・二倍、【龍の加護】軍団HP一・二倍、【神龍の加護】軍団HP一・五倍だ」

「おお! 欲しかったところが全て揃っているですと⁉」

そんな馬鹿な……と、僕は更なる衝撃に襲われる。

スキルを得るのは普通は長男のはずなのに、何故……どうして?

「しかもだ……聞いて驚かれるな。スキル【運命をつむぐ勝利の剣】をもっているのだ」

「攻撃倍率二倍の軍団守護剣系の……最上位……スキルですと?」

僕と父上は驚きのあまりに同時に大口を開いた。

スキル【運命をつむぐ勝利の剣】といえば、守護剣の家系の開祖様だけが使えたという伝説のチートスキルじゃないか!

「ちなみに今回のアズガルド王国の守護剣の当主のデキは悪くてな……【龍牙】しかもってい

ない」

「倍率は確か……一・一倍でしたよね？」

「つまり、これだけをもってローズウェル家は……騎士団の守護盾と守護剣の両方の役割をこなせることになる」

「王国騎士団の両翼の……両方を担えると？」

「そういうことになるな」

と、そこで父上はそれまで神託の部屋に入ることすら許されなかった――双子の弟のマリソンを急いで呼びつけたんだ。

父上は子供には冷たい。

長男の僕ですらも、儀式や式典を除いて、無駄に口をきくことすら禁じられていた状況だ。

当然、次男以下とはほぼ会話もない。

いや、面識すらほぼ無いような状況と言っても良いんじゃないかな？

しかし、そんな父上が柔らかい笑みを浮かべて、双子の弟を優しく抱きしめた。

「おお、マリソン……さすがは……さすがは我が家の長男だ！」

「「「え!?」」」

この発言には僕だけでなく、大司教様も双子の弟のマリソンも驚愕の声をあげてしまった。

「いや、長男は僕じゃないんですか⁉」

「そんなものは知らん！　いや、そもそもが……そ、そうだ！　記憶違いなのだ！　お前等の母親の股から飛び出してきたのは……マリソンが先だ！　確か……いや、絶対にそうだった！」

おいおいマジですか。

そういう方向でいっちゃうんですか……と、さすがの僕も開いた口が塞がらない。

「そうだよな⁉　秘書よ！　そして護衛騎士共よ！　お前等の中にも何人か出産の立ち合いをしてた奴いるよな⁉」

で、秘書さんやら騎士さんたちはしばらく押し黙り、そして彼らは全員コクリと頷いた。

「大司教様⁉　こういうことは良くありますよね？　特に問題になりませんよね⁉」

「うむ……。大体……こういう時はそういうことになりがちでは……あるな。まあ、ここまで即決でこうなるのは珍しいとは思うが」

その言葉で、父上は表情を喜びの色に染めた。

「なら、問題は無しということで――さあ、当家の長男の優秀さを陛下にご報告せねばならんっ！　ついでに守護剣のマクスウェル家にも手紙を送っておけ！　ふはは！　奴の吠え面を想像するだけで今夜の酒は極上になるわい！　そしてマリソンよ！　もう一度言うが――でかしたっ！」

父上はマリソンの背中をバンバンと叩きながら、肩を組んで大聖堂の出入口へと向かっていく。

そして、警護の騎士さんたちやお付きの面々もそれに追従して――

「あ、あの……父上？」

僕一人、その場で置き去りにされそうになったので、慌てて父上を呼び止める。

すると、父上はぞっとするような冷たい視線を向けてきた。

それはおよそ、親族に見せるような表情ではなく……まるで敵……いや、腐った生ゴミを見るような……。

「ヒロよ。貴様を次期当主と認めるわけにはいかなくなった。それは分かるな？」

「……はい」

「今は私はマリソンの祝いの席のことだけを考えたいのだ。貴様のその辛気臭い顔は……祝いの席に水を差すのでな」

それだけ言うと父上たちは僕を残してその場を立ち去ったのだった。

★☆★☆★☆★☆★

それから一週間後――。

呼び出しを受け、僕は父上の執務室に向かった。

中に入るとそこには父上と、弟のマリソンが座っていたのだ。

そして、弟が座っている席は父上の横だった。

そこは少し前までの僕が……父上と同座するときの定位置だった場所だ。

「ヒロよ、お前はこの家の子供ではない。そういう結論になった」

「……え？　父上？　ちょっと……何をおっしゃっているのか……」

僕の問いかけに、父上ではなくマリソンが口を開いた。

「お兄様……いや、ヒロ君。君は何かの間違いで産婆に取り違えられて、運命の悪戯《いたずら》によって当家の子供として育てられてしまったんだ。つまりは、そういうことだよ」

「……マリソン？　僕を……お兄様じゃなく……ヒロ君って……？」

「この際だから言うけどね、貴族の家では次男と長男では扱いに天地の差がある。昔から……ただ長男というだけでチヤホヤされていた君が、僕は気に食わなかったんだよ」

と、そこで父上がフンッと鼻を鳴らした。

「産婆がやったこととはいえ、平民の子を取り違えて気づかぬままに育て続けた当家にも責任はある。それにこのまま貴様を市井の民に戻すようなことをすれば世間体も悪いしな……」

ええと、つまり……。

実はマリソンが長男でした！

と、そんな感じにするために、そういう無茶な理論づけを行ったという解釈で良いんだろうか？

「まあ、支援はするので、そこは心配するな。当家には最初から数に入れられていないような……そんな半ば忘れられた領地があるのは知っているな？」

「魔境の……大森林のことですか？」

確かそこは魔物がひしめく大森林のはずだ。

農業も商業もいかなる産業も成り立たない、不毛の地という風に聞いている。

と、僕の問いかけにコクリと父上は頷き、そして吐き捨てるように呟いた。

「貴様は当家の養子という形にしてやる。その地を任せるので、マリソンの義理の兄弟の名に恥じぬように励むが良い」

「お兄様……いや、ヒロ君？　君みたいな面倒な存在に、本家の近くをウロチョロされたら厄介だから、辺境に引っ込んで出てくるなと……そういうオーダーだと思ってくれれば間違いないよ」

そう言い放った二人の瞳は、大聖堂の時の父上と同じく――

――まるで生ゴミを見るかのような目だった

サイド：オリバー＝ローズウェル（飯島弘（ヒロ）の異世界での父親）

私の名前はオリバー＝ローズウェル。

——日本での名前を星川隆《たかし》という

私は星川工業という会社を運営していたのだが、リストラした社員に逆恨みされて後ろから刺された。

そして、この異世界の地に降り立ったのだ。

ちなみに「異世界モノ」とかいう小説が、部下の間で流行っていることは私も知っていた。

興味を持って何作か読んだことはあるが……それはそれはとんでもないゴミの山だった。

だが、社長たるもの他業種のゴミジャンルでも流行りには敏感である必要がある。

そう思い、我慢して数作品は読んでいたのだが……驚いたことにその経験がこの世界で活きたのだ。

少なくとも、この地に来た瞬間に、私の身に何が起きているのかをすぐに理解できる程度にはな。

結論から言うと、私の身に起きた現象は異世界憑依と呼ばれる現象らしい。

それは、巷《ちまた》で噂の異世界転生と呼ばれているモノとは若干違うものだ。

つまりは、雷に打たれて事故死した三十五歳のオリバー＝ローズウェルの記憶をそのままに、私は彼の体を乗っ取ることに成功したのだ。

あの時、即座に状況を把握して上手く立ち振る舞わねば、悪魔憑きとして処分されていた可能性もあるので……そこは本当に僥倖《ぎょうこう》だった。

そして——。

時は流れ、成長したオリバー＝ローズウェルの長男を観察していた時に、私は気づいたのだ。


——間違いない、あれは……私の会社で働いていた飯島……飯島弘だと。


最初に気づいた違和感は、奴が考え事をしている時に後頭部をさする癖だ。

そして違和感が疑惑に変わったのは、貧村を救うためと称し何度も私に現代知識めいた発明器具を提案したこと。

最終的に疑惑が確信に変わったのは、奴のお人好し過ぎる性格だ。

入社当時からそうだったのだが、奴は誠実で実直で勤勉だ。

それは言い換えれば「優秀な奴隷」ということであり経営者としての立場で言うと、あれほど扱いやすい人間もいなかった。

まあ、最終的には勤続年数の関係で、高給取りになってきたので切ったのだが。

というか、そもそもからして私は一度、交通整理の会社の事業を失敗しているのだ。

そういえば……飯島の父親の保険金を持ち逃げした金で星川工業を立ち上げたのだったか。

そう考えると、親子ともども本当に私の役に立ってくれたな。


と、それはさておき、私にとってはこの世界で、奴が跡継ぎであることは都合が良かった。

この世界の貴族制度上、原則的に六十歳になれば当主の座を長男に譲る必要が出てくるわけだ。

だが、扱いやすいあの男ならば圧力をかけるか、あるいは泣き落としをすれば傀儡《かいらい》政権とすることは容易《たやす》いだろう。

なんせ、父親の保険金で立ち上げた会社を相手に身を粉にして尽くすような――マヌケ中のマヌケなのだから。

つまり、私は死の直前まで……この家の権力を全力で行使することができる。

――神託の日までは、そう思っていた
「双子の弟は何を考えているか分からんところもある。人生設計を再考せざるをえんではないか……あのグズめっ！」

人ばらいをした後の、たった一人の夜の執務室。

吐き捨てるように呟くと、私は執務室の椅子に腰を下ろした。

「まあ良い。人権などという概念が存在しないこの残酷な世界で、領地までの旅路で山賊に殺されるも良し……無価値な領地のボロボロ屋敷で苦しむも良し。どの道、奴の人生は詰んでいる」

そうして、私はワイングラスを片手にニヤリと笑った。

「即死はしない程度の物品も持たせたしな。ふふふ……私を落胆させるどころか手間までかけさせたのだ……せいぜい苦しむが良いぞ、飯島よ」

★☆★☆★☆★☆★

大草原。

ポカポカ陽気に——空には綿飴のような雲がポツリポツリ。

草以外に何もない緑の海原に、ただ延びているのは魔境の大森林への道だ。

普通なら心がウキウキとするような春の昼下がりに、僕は暗い気持ちで道をテクテクと歩いていた。

昨日、たった一人で屋敷を出立した僕だけど、説明によると領地までは一週間もかかるらしい。

そもそも、成人したとはいえ僕は十三歳だ。

この場合の成人といえば商売人なら丁稚奉公《でっちぼうこう》、貴族なら政略結婚のコマとなったことを指す。

なので、決して実際に一人前の扱いをされる年齢ということではない。

そんな年端もいかない僕が、従者の一人もつけられずに旅の人となっている。

しかも、途中からの山道では山賊団も出るとか出ないとかの話で……。


「とても伯爵家元嫡男の扱いとは思えないな。いや、もう……実の息子でもないんだっけか」


自嘲気味にそう笑うと、僕は拳をギュッと握りしめた。

それでも当面の生活に困らない程度のお金……退職金というか、厄介払いのお金というか、申し訳程度には色々と支援は受けているわけだ。

人を呪わば穴二つという言葉もあるくらいだしね。

ここで実の父親や弟に恨み言を言っても仕方ないし、そこについては支援を受けているという事実に感謝した方が建設的だ。

と、僕は小休止だとばかりに道の端の切株に腰を落とし、頭陀袋《ずだ》の中の荷物の点検を始めた。

家を出る時にも確認したことではあるけど、まあ一応……再確認だ。

直接的に役に立ちそうなものは……やっぱこれかな?

旅装に含まれていたお鍋とナイフと火打ち石、それに各種保存食ってところか。

それに、僕付きのメイドさんがこっそりと持たせてくれたエリクサーは間違いなく有用だ。

っていうか、実質的にこれが僕に残された最大の資産ってところだろう。

実はこれって、即死でなければどんな怪我でもたちどころに治してしまうという、希少中の希少の秘薬なんだよね。

聞けば、亡くなったおじいさまが僕が生まれた時にプレゼントしてくれたものらしい。

メイドさん曰く、実家の宝物庫の隅で埃をかぶっていたものだったとのことだ。

で、父上も弟も存在自体を忘れているフシがある……ということで、持ち出しても大丈夫そうなモノの中で一番高価な品だったと。

もちろん、持ち出しを止められたわけでもない。

元々はおじいさまから僕へのプレゼントだ。

なので、当然所有権は僕にあるってことで、コッソリ持っていきなさいという話になった。

――これは売れば間違いなく高くなる

いや、僕だけならひょっとしたら、一生過ごせるくらいの財産になるかもしれない。

あるいは、このまま一番近くの街にでも行ってエリクサーを売ったお金で過ごすのも悪くないと、そんな考えが頭を掠める。

「いや、ダメだ」

それじゃあ、せっかく領地を貰った意味がなくなるし、何よりもこの世界に僕が来た意味が無い。

僕は前世で最期に子供を救ったわけで、むしろ最期にそういうことができたことを誇りにすら思っている。

現代地球の感覚や知識を持っている僕なら――。

餓死にしてもそうだし、重税にしてもそうだし、微力ながらも僕にできることは絶対にある。

転生者というアドバンテージを持っていながら、ただ自分のことだけを考えて生きていく。

そんな生き方を選んだら、今世の最期は前世のように満たされた気持ちには絶対になれないだろう。

「そもそもこれで完全にフリーで動けるわけだし、考え方によっては好都合でもあるよね」

家からは僕に干渉しないし、僕からも寄り付くなという話になっている。

と、いうことは必然的に誰からも束縛されることなく、現代知識を活かしての内政なんかもできたりするわけだ。

いや、実際には見捨てられた土地とまで呼ばれている、魔境の大森林付近の開拓状況がどうなっているとかは全然聞いていないのでそこは不安なんだけどさ。

「まずは領地に辿り着かなければ……」

僕は平原地帯を抜けて、山林地帯に入ったのだった。

★☆★☆★☆★☆★

旅を始めて三日が経過した。

これで領主の屋敷まで残り四日の行程という状況になった。

それで僕は山林地帯に辿り着いたわけなんだけど――。

右手を眺めれば大小の岩の中を流れる清流。

左手は草木生い茂る森林、と、そんな感じの道だった。

事前の情報では、この山には魔物は出てこないということでそこは一安心している。

まあ、子供でもやっつけられるような低レベルの魔物……つまりはスライムなんかとはたくさん出会ったけどね。

「ってことで、山菜の収穫は上々ってところだね」

僕は山道を歩きながらニンマリとしていた。

と、いうのも、持たされていた食料は心もとない量だったけど、減少傾向どころか今や増加の一途にある。

実は前世の僕の趣味は山歩きなんだよね。

高校を出てからは生活も苦しかったから、休日に山菜取りなんかをやっていたのが始まりかな。

そのまま山菜取りが趣味になって、良く歩いていたおかげで健康診断の血液検査では一度も引っかかったこともない。

と、それはさておき、僕には趣味と実益を兼ねた山菜取りのスキルがあるわけだ。

幸いなことに、一部ファンタジーな植物は生えているものの、この世界の食用野菜や穀物は現代地球とほとんど同じだ。

なので、自給自足や食料の現地調達については何とかなると踏んでいたんだ。

で、その予想はまさにドンピシャだったってことだね。

事実、野菜やキノコなんかは確保する必要もないほどそこらにある。

途中で山芋の群生地も見つけたので、炭水化物の手持ちなんかはむしろ爆増した。

それに山道は清流沿いなので、水の確保もやっぱり問題ない。

「けれど……絶望的にお肉成分が足りないよね」

山芋にもタンパク質は含まれているはずだし、一応は保存食で干し肉とかも持っているけどさ。

でも、考えてみてほしい。

毎日ビーフジャーキー生活っていうのはやっぱり味気ないし色々と問題がある。

と、そんなことを考えていたその時、木に張り付いているスライムが僕の目に留まった。大きさはソフトボールくらいのサイズで、キノコみたいにぴょこんと樹の幹から飛び出している感じ。


――そういえばクラゲって食べることもできるよね？


スライムの見た目は……うん、やっぱりクラゲっぽい。

っていうか、どう見たってクラゲ以外の何物でもない。

さて、確認してみるか。

スライムを掴んでみると、クラゲっぽい弾力性を感じて……うん、やっぱりこれはイケるんじゃないか？

そもそも確かこの世界の一部の地方では、スライムを食べる文化があると聞いたことがあるしね。

スライムは、ほとんど全種類で毒が無くて食用に適するって話を聞いたのは興味深かったからよく覚えている。

毒があるタイプもわずかにいるんだけど、その場合は見た目からして毒々しいから一発で分かるって話だ。

ってことは……。

幸い、この山にいるスライムは全てが薄い青色のスライムだ。

触った感じもクラゲっぽいし……やっぱりイケそうだよね？

「うーん。でも、スライムか……」

食用とはいっても一部の地域だけの話だ。

それにこの国ではスライムはゲテモノ喰いの扱いに近いんだよね。

けれど、実際にスライムを日常的に食べる地域もあるわけで……。

「さて、どうするべきか」

そういえば……ヨーロッパ人の一部にとってはイカを食べるって、実はゲテモノ食文化だって聞いたことがあるぞ。

まあ、昔はイカって船を沈没させる海の悪魔の一種と考えられていたし、その名残ってところもあるんだろうけど――

――でも、イカって普通に美味しいよね？


スライムっていうのは見た目も触った感じも、クラゲっぽい感じがする。

そして中華料理のクラゲの和え物は、僕の好物以外の何物でもない。

「なら、ここは一度チャレンジしてみましょうか！」

クラゲを普通に食べる日本文化で良かったな。

と、そんな感じでその日――僕は大量のスライムを採取したのだった。

★☆★☆★☆★☆★

「うん、イケるイケるよこれ！　美味しい！」

以前にメイドさんから聞いた調理法の通りにやってみた。

具体的に言うと、スライムを塩水に漬けてから一晩干してみたんだ。

すると、クラゲというか何だかイカの一夜干しっぽいシロモノが出来上がった。

これを煮て食べてみると、柔らかめのスルメみたいな味と食感で普通に美味しかった。

っていうか、そのものズバリでイカの一夜干しみたいな味だね。

それで、干し物というだけあって、物凄い勢いで出汁が出たのでスープ全体がとんでもないことになった。

で、一夜干しよりはコリコリしていて、食感はキクラゲっぽいというか春雨っぽいというか……いや、やっぱりクラゲかな？

まあ、何と表現して良いか分からないけど、とにかく美味い。

で、イカの一夜干しっぽいってことで、煮る以外にも焼いて食べてみた。

「うーん……これは……凄いね」

焼いてみて良く分かったんだけど、やっぱりこれ……旨味成分がギュウギュウに詰まっている食材だ。

野菜を美味しく食べるには鍋が一番。

んでもって、鍋の味を決めるのはスープというか出汁なので、これは本当に助かる。

「っていうか、焼いてみるとお酒が欲しくなる味だよね」

まあ、調味料代わりに白ワインも持ってきているから、お酒を楽しめる状況ではある。

といっても、徒歩の旅をやっている今の状況で、お酒を飲むつもりはないけれど。

ちなみに、この世界では飲酒は十三歳からオッケーなので、お酒好きの僕としてはありがたい限りだ。

と、それはさておき、スライムの味は……一部地域で日常的に食べられているという事実にうなずけるほどの味だった。

★☆★☆★☆★☆★

そして翌日。

そのまま山を歩き続け、領地まで残り一日くらいの距離となったその日のこと。

「さて、困ったぞ」

道を歩いていると、気絶して倒れている猫耳の少女に出会った。

いや、少女っていっても、今の僕よりは年上で見た感じ十代半ばってところなんだけど。

うつぶせに倒れている彼女は、栗色の髪も血に染まって凄惨な状況になっている。

服もところどころ破れ、全身傷だらけで顔色も真っ青だった。

「魔物にでも追われていたんだろうか？　背中の傷が特に酷いね」

とりあえずは状態の確認だ。

まずは鼻に手をあてて息をしているかどうかを見てみよう。

「良し……息はある」

ってことは、脈もあるはずだ。

次に大声で呼びかけるけれど、彼女の意識は戻ってこずにピクリとも反応しない。

パッと見では背中の傷が酷いので、何かに追われてきたとか……そんなところだろうか？

そこに大きな荷物も転がっているし。

ともかく、地面に溜まっているほどなので、血を流しすぎているのは明らかだ。

「……ごめんよ」

胸はできるだけ見たり触ったりしないように服を脱がせて、傷の確認をしてみる。

「うーん……。これは素人がどうにかできるとは思えないぞ」

血がどんどん流れていて、素人目にも放っておくと長くないことだけは分かる。

僕にできる限界は、自動車教習所とかで習ったような、圧迫止血の真似事くらいだろうか？

お医者さんに連れていくにも、人里から離れているしね。

「でも、助けることはできるはず」

僕は懐に手をやり、淡い青色の液体に満たされたガラス瓶の蓋を開いた。

――エリクサー

曰く、たちどころにどんな傷も癒してしまうという希少な秘薬。

優しいおじいさまが僕に残してくれた大切な、そしてこの世にたった一つしかない僕の希少な資産でもある。

更に言うなら赤子の頃からお世話をしてくれていた僕の専属のメイドさんが、行く末を案じてこっそりと持たせてくれたものでもある。

売れば金貨百枚（日本円で一億ほど）はくだらないだろう。

これは貴族としての僕に残された最後の虎の子であり、最悪の場合は領地運営を諦め全てを投げ出し、市井に紛れて一人で暮らすための逃げ道でもあるわけだ。

「でも……迷うことなんて何もないよね」

転生前――。

トラックに轢かれそうになっていた子供を助けた時に、僕は見返りなんか考えただろうか？

そう、そんなことはあるわけないんだ。

あの時は体が勝手に動いて、子供は助かった。

そして僕はあの時のことを後悔なんかしていない。

――なら、やっぱり何も考えずに僕はただ心の欲求に従おう

この世で唯一、絶対に自分を裏切らない人がいるとすれば、それは恐らく自分自身だ。

なら、僕も僕を裏切らない。

だって、今ここでこの娘を見捨てたら、きっと僕はそのことをずっと後悔して、自分が嫌いになるから。

だから、迷うことや考えることなんて何一つ無いんだ。

「ええと、エリクサーの使い方は……傷口に塗るんじゃなくて……口に含ませれば良いんだったか」

どういう理屈かは分からないんだけど……。

まあ、回復ポーションの類は、薬そのものの薬効というよりは、薬剤に込められた回復魔法が体に作用するって理屈らしいね。

なので、薬を胃から摂取とか、傷口から直接に作用とかじゃないんだよ。

口に含ませて、脳の魔力回路に回復魔法を摂りこませて体全体に流していくとかいう……。

まあ、そんな何だか良く分からない方法が一番良いのだとかいう話だったたっけ。

「さあ、治ってくれよ！」

意識を失っている猫耳の女の子の口を無理やりに開く。

そうして、僕は流し込むように淡い青色の液体を流し込んでいった。

すると、女の子の体が見る間に銀色の光に包まれていって――

「いやいや、エリクサー凄すぎでしょ」

光が出たと思いきや、気づけば傷口が塞がっていたんだから、僕としてはただただ驚くしかない。

でも、ともかくこれは僥倖だ。

サクッと傷が治ってくれる分には、僕としても「ありがたい」以上の感情は出てこないしね。

「ってことで……ま、大丈夫そうだね」

先ほどまで真っ青だった顔にも見る間に血色が戻っていく。

僕が「ほっ」と胸を撫でおろしたその時、頭の中で機械のような音声が鳴り響いた。

『スキル【ナイチンゲール】及び、スキル【癒しの御手】が発動しました』

『獣人の少女：アメリアが一時的に庇護下に置かれます。スキルの適用範囲に入りました』

『善行を確認。苦境における自己犠牲……ボーナスポイントが付与されます。善行ポイントが一定値に達しました。スキルを一回行使できます』

★☆★☆★☆★☆★

一回行使できるようになったというスキルが何のことなのか。

あるいは、ナイチンゲールとか癒しの御手ってのが何なのかは非常に気になるところだ。

けど、ともかく女の子の命の危険は去ったようだ。

とはいえ、この子はさっきまで生死を彷徨っていたような大怪我だったわけで。

無論、気絶しているこの娘を、このまま放置するわけにもいかない。

「助けた以上は責任をもって、目を覚ますまでは見守らないとね」

既に様子を見始めてから二時間か三時間は経過している。

女の子の服も手持ちの裁縫道具で直したし、これでこの場で他にできることもない。

なので、僕は旅用の頭陀袋に収納していた携帯用の片手鍋を取り出した。

まあ、お腹もすいたしスライム鍋の調理に取り掛かろうってことだね。

怪我人の横で能天気に料理なんてと思うけど、そこは『腹が減っては戦はできぬ』というところだろう。

この娘の意識が戻ってフラフラだったとして、僕が背負うなり何なりで人里まで連れて行かなくちゃいけないわけだし……。

「うん、良い匂いだ」

ってことで、僕は意識を失っている女の子に申し訳ないと思いながら、鍋から具材をよそい始めた。

味付けはシンプルに塩と白ワインだけなんだけど、これが本当に美味しいんだ。

アサリの酒蒸しのお鍋のバージョン。

そういえば、いくらかニュアンスが伝わるだろうか。

スライムの干し物から何とも言えない魚介系の出汁が出ていて、山菜とキノコが良い感じに混ざりあわさって……と、そんな感じだね。

っていうか、山で見つけた柚子《ゆず》っぽい果物の皮を細かく刻んだものを風味づけに使っている。

なので、そのものズバリで酒蒸しっぽいんだけどね。

いや、柚子の皮を入れるのは僕の家の酒蒸しだけという説もあるけども。

と、その時——

「……ん。良い匂い……です」

「あ……起きたんだ？」

目が覚めた彼女を見て、僕は思わずドキッとしてしまった。

さっきまではケガしてたりで大変な状況だったからそんなことは微塵も考えてなかったんだ

けど――

――猫耳だ

そうなんだ、猫耳なんだよ。

漫画やアニメでは僕は猫耳キャラが大好きだし、素直に猫耳という造形が可愛いと思うタチなので、現実世界にそんな娘がいると良いなと思っていた。

まあ、現代の日本でそんな娘にお目にかかれることはありえないんだけど……。

よくよく考えてみれば、ここはファンタジー世界だ。

そして、今、僕の目の前に猫耳がいるわけだ。

――神様、ありがとう

と、そこで思わず、僕はキリスト教徒でもないのに胸の前で十字を切った。

しかし、本当に可愛いな……と僕は息を呑む。

猫耳ということを差し引いても、誰がどう見ても美少女って感じで、口元に覗く八重歯が愛らしい。瞳も金色と緑の入り混じった感じで、月並みだけど綺麗だとしか表現のしようもない。

あと、警戒しているのか尻尾がふりふり揺れてるんだけど、それもまた……可愛いとしか形容ができない。緑を基調とした服装に、革製品の装備のアクセントが効いてて、センスも良いしね。

と、そこで女の子は「はっ」とした表情を作って周囲を見渡した。

「……貴方は？　私は確か……魔物に追われて……」

そこまで話をして女の子は状況を理解したらしく、驚いた表情を作った。

「貴方が助けてくれたのですか？」

「まあ、そういうことになるのかな？」

「……お礼は言っておきます。ですが、貴方は人間ですよね？」

「うん。そういう君は獣人だよね」

そこで女の子は僕からプイッと顔を背けて、そのまま立ち上がろうとした。

「人間は亜人を捕まえて奴隷にすると聞きます。重ねてお礼は言いますが、私は森に帰りま――」

立ち上がったところで、女の子はフラリと倒れそうになった。

なので、慌てて駆け寄って体を支えてあげる。

「……触らないでください。人間に触れられるのは私たち戦猫耳族《ワーキャット》にとっては不名誉なのです」

「あ、ごめん。でも、フラフラで森に帰れる状態だとは思えないよ。僕も一緒にいるから……

しばらく休憩した方が良い」

「……人間と一緒に？　そういうことを言って、どうせ私を奴隷商人にでも引き渡す魂胆なのでしょう」

キッとした表情で睨みつけられてしまった。

うーん。

えらく警戒されているようだけど、どうしたもんかな。

この子が元気な状態だったら、全然森に帰ってもらっても構わない。

だけど、立ち上がるだけで倒れそうになるような状態で帰らせるわけにもいかない。

「ともかく、私は帰ります」

僕の制止を振り切って、女の子は逃げるような足取りで去っていこうとした。

けれど、やっぱりフラフラと倒れこみそうになってしまった。

なので、やっぱり僕も倒れないように支えてあげたんだけど——

「だから、触らないでください！」

「って、そんなこと言われてもなぁ……」

腕を振りほどかれたけど、歩くことは無理と悟ったのか女の子はその場に座り込んでしまった。

「ともかく、これ以上私に構わないでください。お互いのためにも、貴方は黙ってこの場を立ち去るのが良いと思います」

取り付く島もないとはこのことだ。

と、そこで女の子からグググーッと腹の虫の音が聞こえてきた。

すると女の子は頬を微かに染めて、僕が作っていた鍋の方に視線を向けた。

「……」

「……」

「……」

「……」

しばしの沈黙。

森の静寂の中で聞こえるのは鳥の羽ばたきの音だけだ。

そして、女の子は決して僕の鍋から目を離さない。んでもって……猫耳がぴょこぴょことせわしなく動いている。

いや、まあ……気持ちはわかる。

自分で言うのはあれだけど、物凄い良い香りがしてるからね。

と、そこで僕はニコリと笑ってこう言った。

「……食べる？」

「……」

すると女の子は顔を真っ赤にして、無言で小さく頷いた。

ま、どうやら、分かりやすい感じの子だったようで助かった。

★☆★☆★☆★☆★

「……コリコリしてて美味しいです」

よほどお腹が空いていたのだろうか、鍋ごと食べるような勢いだった。

っていうか、僕は一口も食べていないんだけどさ。

まあ、美味しく食べてくれているみたいだから嬉しい限りだけれども。

「しかし……モリモリ食べるね」

「背に腹は代えられないという奴です。ただし、これで人間に心を開いたわけではありませんので」

「……そうですか」

「そうなのです。しかし、本当に美味しいです。柑橘系の風味が良いアクセントになってますね。ところで、このコリコリしたのは一体何なのでしょうか？」

「ああ、それはスライムだよ」

「……え？」

「……いや、スライムだけど？」

「……」

「……」

「……もう一度言ってもらえるでしょうか？　このコリコリして美味しいものは……？」

「いや、だからスライム……」

と、そこで猫耳の女の子は声を荒らげてこう言ったんだ。

「何てものを料理してるんですか！」

いやあ、クラゲとイカの中間みたいで美味しいんだけどね。

コリコリした食感がたまらない感じなんだけど……。

でも、まあゲテモノの扱いっていうのは本当だったみたいだ。

証拠に、女の子は「うげげ……」という表情で――片手鍋に残る細長く切られた干しスライムを眺めている。

「……どうする？　もう止めとく？」

僕の問いかけに、女の子は腹具合と相談しているのか「むぐぐ……」としばし何かを考えた後に小さく頷いた。

「いただきます」

「なら、どうぞ」

本当に分かりやすい性格らしいなと、僕は苦笑した。

「北方の方ではスライムは普通に食べられているとも聞きますし……実際……その……何ていうか……美味しかったので」

と、そこで女の子は「あっ」と声をあげてから、恐る恐るという風に僕に尋ねてきた。

「ここまで食べてしまった後にこう言うのも変なのですけど……貴方のお食事だったのですよね？」

「ああ、気にしなくても良いよ。僕はちゃんと朝ご飯食べてるしね。君は……その食べっぷりからすると何日も食べてない感じだったんだろう？」

「まあ、それはそうなのですけれど……」

さっきフラついていたのは、ひょっとすると怪我が原因ではないのかもしれない。

理由は栄養失調とか、そんな単純なことだったのかも。

「でも、どうしてスライムなんか食べているんですか？」

「いや、美味しいでしょ？」

「そういう問題じゃなくて、普通はスライムなんて食べないでしょう？　貴方も色々とワケアリ……ということなのでしょうか？」

「まあ、それは色々とあってね――」

と、僕はこれまでの顛末《てんまつ》を語り始めた。

あ、さすがに異世界転生っていう突拍子の無い部分は伏せたけれど。


「その状況でエリクサーを……私に……使ったんですか？」

説明を終えると、大口をあんぐりと開けて女の子は呆れたようにそう言った。

「しかし、どうして？　知り合いでもないのに……そんな高価なものを」

「いや、死にそうな人がいたら助けてあげるのって、そんなにおかしなことかな？」

「……」

「……」

「……」

「……」

互いに頭上に「クエスチョンマーク」が浮かんでいるような顔。

そのままでしばしの間、お見合い状態になった。

「ともかく……そういう事情なら、さすがにお礼だけを言って立ち去るというわけにはいきませんね」

「やれやれ」とばかりに女の子は肩をすくめて、荷物をゴソゴソとやり始めた。

そして中から箱を取り出して、僕に差し出してきた。

「これは？」

「豚肉です。十五キロはありますね。これは戦猫耳族《ワーキャット》の里を出る時に持ってきたものです。あ、これは先祖から伝わるアーティファクト……保存魔法のかかった希少な箱なので、二週間くらいなら腐りません」

「……豚肉？　一体全体、どうしてそんなことを？」

「これが今の私にできる精一杯のお礼というところでしょうか。貴方の屋敷を訪れて少しずつでも何かを差し上げることができれば良いのですけど……」

「……とりあえず豚肉はありがたく受け取っておくね」

実際、干していない生肉の差し入れの申し出はありがたい。

できる料理の幅も広がるし。

「でも、これ以上のお礼は必要ないよ。それと……普通に僕のところに顔を出す分には構わないよ？　物々交換なんかでお互いにメリットがある取引ができるかもしれないし」

「貴方なら、獣人に偏見も害意もないかもしれません。ありがたい申し出ではあるのですが、少し事情がありましてね」

「ああ、そりゃあ残念。ともかく気が向けば僕を訪ねてくれれば良いよ。スライムのお鍋くらいならいつでも振る舞ってあげるからさ」

ニコリと笑ってそう言うと、バツが悪そうに猫耳の少女は笑った。

「最初に酷い態度を取ってしまって申し訳ありません。それにしても貴族なのに、どうして料理ができるんですか？」

「まあ、ちょっと色々あってね」

ウインクしてそう言うと、そこで初めて猫耳の女の子は表情を和らげたんだ。

「まったくもう……おかしな人ですね。私なんかにエリクサーを使ったり、意味が分かりません」

「おかしな人って、妹にも良く言われてたなそれ」

「妹さんがいるんですね。ああ、それと——」

「何？」

「アメリアです」

「ん？」

「私にはアメリアという名前があるのです」

「ああ、そういえば僕も名乗ってなかったね。僕はヒロ……ヒロ＝ローズウェルだ」

「ヒロ……分かりました、覚えておきます。しかし、本当に美味しいですね。このシンプルな味付けは……。これって、料理にこだわると素材の味を活かす風になったりするとかいう……

そういうやつですか？」

「いや、そんなことはないよ。調味料関係の手持ちがあんまり無いだけなんだ」

「調味料の手持ちがない？　なら、これをお使いになりますか？」

そう言って彼女が荷物から出してきたのは、ひょうたんっぽい器だった。

栓を開けてみると、はたしてそこには——黒い液体が詰まっていたのだ。

「この香りはひょっとして……」

掌に少しだけ出して舐めてみて、思わず僕は叫んでしまった。

「醤油だ！」

「人間の間でも、東方ではポピュラーらしい調味料ですが、良くご存じですね。戦猫耳族《ワーキャット》が友好関係を築いているエルフから学んだ……大豆の加工食品です」

「ってことは、ひょっとすると……味噌も？」

「もちろんありますよ。こちらに」

今度は草餅の大きい版みたいな包みを手渡された。

すぐさま封を開くと、鼻腔をくすぐる懐かしい香りがした。

「本当に味噌だ！　こ、これ貰っても良いの⁉」

「里に帰れば安価でいくらでも買うことができますし、構いませんよ」

「やったー！」

と、飛び上がらんばかりに喜ぶ僕に、アメリアは「大袈裟な」とばかりにあんぐりと大口を開けた。

いや、そりゃあ喜ぶでしょうよ。だってさ——

・豚肉（今貰ったもの）
・醤油（今貰ったもの）
・味噌（今貰ったもの）
・ショウガ（山菜取りで採取したもの）
・ニンニク（山菜取りで採取したもの）
・塩（屋敷から少量持ってきたもの）
・白ワイン（屋敷から少量持ってきたもの）
・砂糖（屋敷から持ってきたもの）

これだけあれば豚の生姜焼きや、僕の好物の豚の味噌ニンニク漬けも作れるじゃないか！

ここに料理酒があれば完璧なんだけど、まあ白ワインでも何とかなるだろう。

「そんなに嬉しいのですか⁉」

「豚の生姜焼きやら何やら……それにお味噌汁も作れるしね！」

出汁はスライムから取ることになるので、一般的な味噌汁っていう感じじゃないけどね。

ともかく、これで久しく食べていない日本の料理を作ることができるぞ！

と、僕のテンションはマックス状態だ。

「ええと、醤油があってお味噌があるってことは……お米は？」

「それは流石に……。東方とは気候も違いますしね」

ああ、そりゃあ残念だ。

と、僕はガックリと肩を落とす。

でも、贅沢言ったらいけないよね……なんせ、醤油と味噌が手に入ったんだから。

「ねえアメリア？　色々貰ったお礼に料理をごちそうしたい。生姜焼きならすぐ作れると思うし……一緒に来ない？　僕の屋敷はもうすぐそこにあるはずだから」

「お礼として差し上げたものに、更にお礼というのも変な話ですよ？」

これは断られているってことなのかな？

「それじゃあ残念だけど、今度気が向いた時にでもウチに寄ってよ。料理くらいなら作るから」

そしてアメリアは少しの間何かを考えて、上目遣いで僕に尋ねてきた。

「……美味しいのですか？」

「ん？　何が？」

「豚のショウガヤキですよ」

「うん、美味しいよ？」

「……どれくらいですか？」

「とっても美味しいと思う」

その言葉でアメリアは更にしばし何かを考えて、そして小さく頷いたんだ。

「なら、行きます。どうせ一か月くらいはやることもありませんし」

うーん。

最初から思っていたことではあったけれど、どうやら食欲に正直な子だという認識で間違いないらしいね。

「ところで……どうして魔物に襲われていたの？」

「まあ、色々ありまして。差し支えのない範囲で言うならば……私は一族の恥さらしなのです」

「恥さらし？」

「戦猫耳《ワーキャット》は誇り高き戦士の血族。戦闘能力の低い者はみんなに相手にもされません……まあ、これ以上は差し支えがあるので……」

「それじゃあ、もう少し休憩してから屋敷に向かおうか。歩けそうに無かったら肩をかすよ」

「栄養補給もしたので、もう大丈夫――」

と、言葉を言い終える前に、アメリアは僕の後方に視線を移したまま固まってしまった。

ん？　どうしたのかな？

そう思って口を開こうとしたその時、アメリアは自分の口と鼻に人差し指をつけて「声を出さないで」とジェスチャーした。

その直後、僕に耳打ちでこう言ってきたのだ。

「……静かにしてください……山賊です」

★☆★☆★☆★☆★

「しかし、本当なのかよ？　貴族のガキが山を歩いていたなんてよ」

「ああ間違いねえ。旅装だが身なりは良かったし、ローズウェル家の家紋まで入ってたんだ！　ありゃあ……とっ捕まえれば金になるぞ！」

「ローズウェル家？　そんな良いところのボンボンのガキが独り歩きなんて、身ぐるみ剥いでくれって言ってるようなもんじゃねえか。しかし……だとすると安易に襲うのも不味《まず》いな。近くに護衛がいるはずだぜ」

「だから、それを確認するためにお前等を呼んだんだろうよ。一人で襲い掛かって返り討ちってのも洒落《しゃれ》にならんしな」

「まあ、本当に一人で貴族のガキが歩いてるなら美味しい仕事だわな」

「違いねえ。身に着けてるものだけでもそれなりに金になるし、身代金でも取ろうものなら一財産だ！」

茂みの中に隠れている僕の目に入ってきたのは、五人の男たちだった。

年齢は二十～五十代くらいとバラバラに見える。

しかし……と、彼らの会話を聞いていて僕は何とも言えない気持ちになる。

どこの世界にも、どうして人から何かを奪ったり襲ったりの生活をする人が後を絶たないんだろう……と。

誰かから何かを奪うよりも、普通に働いて誰かの役に立つ形で、そうして対価を貰って生活したほうが絶対に良いのにね。

「アメリア……この場を離れるよ。もちろん物音を立てずにね」

「ええ、私も揉め事は嫌いですから」

と、そこで僕の足元でパキッと枝が割れる音が鳴った。

すると、アメリアがジト目を僕に向けてきたんだ。

いや、僕じゃないよ？と首を振ろうとしたところで、足元で黒い影が動いた。

「……リスですか」

言葉の通り、向こう側にリスが走って木に登っていくのが見えた。

しかし、不味いな……。今、結構な音がしたぞ？

と、祈るような気持ちで山賊を見ると——

「しかし、やっぱりあの時、こっちが一人でも襲い掛かってればよかったかな」

「違いねえな。ガキの影も形もありゃしねえ」

良し……気づかれていない。

なら、後はコソコソと連中から離れるだけだ。

と、そう思ったその時、先ほどのリスが向かった枝の先で、スズメが飛ぶ姿が見えた。

で、スズメが飛んだのに驚いたのか、次はカラス数羽がバサバサと大きな音を立てて飛んでいった。

そんでもって、間が悪いことにその木の根元に僕たちがいるわけで——

「いたぞ！　ガキだ！」

「だが、お付きみたいなのもいるぞっ⁉」

そして男たちの中のリーダーっぽい人が、僕たちの周囲を確認するや否やニヤリと笑ったんだ。

「構うことはねえ！　他に誰もいないしどっちもガキだ！　とっ捕まえろ！」

そうして、あれよあれよという間に——僕たちは五人の山賊に囲まれてしまった。

「さあ、やっちまえ！」

その言葉を受けて、アメリアは覚悟を決めた表情で山賊を睨みつけた。

「やっちまえということは、やられても……文句はいえないということですよね？」

「ああん？　何言ってやがんだ？　俺たちに立ち向かおうってのか？　そのか細い腕で？　弱小亜人の猫耳種が？」

そうして山賊はアメリアに手を伸ばし、アメリアはその手をむんずと掴んで――


――背負い投げ？


くるりと円弧を描いて山賊が地面に叩きつけられ、ドシーンと重低音が森に響き渡った。

「ただの猫耳ではありません。私は獣人：戦猫耳《ワーキャット》。大森林最強と呼ばれる戦闘種族ですよ？」

「おい、マジかよ！　戦猫耳《ワーキャット》だとっ!?」

「何で連中がナワバリの外に出てんだよ……いや、確かに特有の模様が猫耳にあるぞ！」

男たちに動揺が走った。

良し、この隙に逃げることもできそうだと思ったけれど、そこでリーダーっぽい男が大声で叫んだんだ。

「狼狽《うろた》えるな！　いくら戦猫耳《ワーキャット》と言っても相手はガキだ――囲んでから一斉に仕掛ければ良

い！」

くそ……良くないね。

今の言葉で冷静さを取り戻したのか、男たちは武器を手に手に一斉にアメリアを取り囲んできた。

そしてジリジリと包囲を狭めていって、最終的に男たちが一気に飛びかかることになった。


「なっ⁉」


ひらりとアメリアはその場で飛んで、樹上に逃げる。

もちろん、男たちの一斉攻撃は空を切った。

「クソッ！　何て素早さだ！」

そうして樹木の上からアメリアの笑い声が聞こえてきたんだ。

「スキル【危険察知】。そしてスキル【立体行動】。人間と戦猫耳族《ワーキャット》では個体性能が違いますよ？　その程度はご存じでしょうに？」

「おい！　不味いんじゃねえかこれ⁉」

そうして樹上から僕の横に飛び降りてくると、アメリアはボソリと小声でこう言った。

「ヒロさん……逃げてください」

「逃げろって？　いや、大丈夫そうな雰囲気じゃない？」

「今のはハッタリですよ。私は……戦猫耳《ワーキャット》の中では非常にひ弱な個体です。素早さで何とかゴマカせていますが……とても五人相手では持ちません。時間は稼いでみますので……」

「え……でも……」

「戦猫耳《ワーキャット》は……嫌いではない相手から受けた恩は必ず返します」

儚《はかな》く笑うと、アメリアは山賊たちに突撃していった。

っていうか、ダメだよ！　なんか良く分からないけど、死亡フラグビンビンな感じの突貫だよそれ！

「囲め囲め！　死角からだ！　正面からは仕掛けるな！」

と、二人の山賊が横合いからアメリアに飛びかかって――

――アッパーカットと横蹴り
「うぎゃあああっ！」

「ぐぎっ！」

パコンとアッパーカットの小気味良い音に続いて、蹴りのヒットした重い音。

そうしてドサリと二人の山賊はその場に崩れ落ちた。

「このガキッ！」

続けてもう一人が飛びかかるところで――アメリアは跳び箱の要領で男の頭を跳び越えた。

「ぐぎゅっ！」

そして跳び越える直前に、キッチリと鼻っ柱に膝蹴りのお土産も忘れずにお見舞いしている。

これで山賊の残りは一人となったわけだ。

けど……いや、素手だと力が足りていないのか次々と山賊も起き上がってきてるね。

でも、アメリアってなんか……滅茶苦茶強いように見えるんだけど、本当に危ない状態なんだろうか？

そうして始まったアメリアと山賊の大乱闘だったんだけど――

「うぎゃあああ！」

「素手相手に何やってんだ貴様ら！」

「何だコイツ！　動きが速すぎる！」

「当たらん！　剣が当たらん！」

「う、後ろに目でもついてやがんのか――ぎゃあああ！」

あれ？

やっぱなんか変だぞ？　山賊……一方的にボコボコにされてないか？

時間稼ぎどころか……圧勝している……ような？

「「「「うぎゃあああああっ！」」」」

そうしてしばらくの後、全ての山賊たちはその場に倒れた。

そして、アメリアは対照的に息一つ切らさずにその場に立っているという状況になった。

「あの……さっきは負けそうだから逃げろみたいなこと言ってなかったっけ？」

「うーん……勝っちゃいましたね。絶対負けると思ったんですが……。何か……体も……みなぎっている感じで……おかしいですね？」

と、アメリアは心底不思議そうに小首を傾げたのだった。

★☆★☆★☆★☆★

山賊たちを縛って完全に無力化した後、不思議そうな表情でアメリアはこう尋ねてきた。

「ヒロさんはひょっとして……高位のビーストテイマーなのでしょうか？」

「ビーストテイマー？」

「ビーストテイマーとパーティーを組んでいる獣人には……ステータスに倍率補正がつくとい

う話を聞いたことがあります。それにしても体が異常にみなぎっている感じはしますが」

うーん……ビーストテイマーか。

心当たりはない。

けれど、神託の時に説明を受けた、文字化けしてるスキルの影響でそんなこともあるのかもしれない。

「いや、良く分からないけど、家系的に不思議な力があったとしてもおかしくは……ないかな？」

「しかし、ヒロさんは守護盾の家系でしょう？　俊敏さも筋力も、頑強性までも……私の全ての能力が恐ろしく上がっていたような気がするんです」

「あるいは……エリクサーの良い意味での副作用とか？」

うーん……と、僕とアメリアはその場で考え込んでしまった。

「ともかくここから離れましょう。連中の仲間がいては面倒です」

「うん、それには大賛成だ」

僕たちが頷きあったところで、背後から「ちょいと待ちな」と声が聞こえてきた。

野太い声に反応して振り向くと、はたして——

——そこには「いかにも山賊です」という風な大男が立っていたんだ

いや、山賊というか……ワイルド系のパワータイプの剣士か？

ともかく、こりゃ不味い。

いきなり見つかってしまったぞと、慌ててアメリアに視線を送る。

すると、アメリアは小声で僕にこう耳打ちをしてきた。

「この男……強いです。あの大きな体で、しかも森の中で……戦猫耳《ワーキャット》である私に気取られずに背後を取りました」

いや、そりゃあ、あの男が強いのは見れば分かる。

何て言うかもう、見た目から凄いもん。

これでもかというガチムチのマッチョなガタイだしね。しかも、超巨大な大剣を背中に担いでるし。

三十～四十代前半ってところで、なんていうかこう……歴戦の戦士って感じのオーラも凄い。

肌の部分には古傷が凄いし……っていうか、あんなデカい剣を人間が振り回せるもんなの？

ダテで持っているわけじゃなければ、見たまんまの恐ろしい怪力なんだろう。

「俺はここいらの山賊を仕切っているスミノフだ。部下が世話になったようだな」

「ヒロさん……今度こそ逃げてくださいっ！　あの男——本当に危険です！」

「いや、でも……女の子を置いて逃げるなんて……そんなことはできないよ！」

その言葉で、舌打ちと共にアメリアは僕の手を掴んでノータイムで駆け出そうとした。

「なら、生存確率は下がりますが一緒に逃げましょう！」

「それならオッケーだ！」

駆け出す直前にアメリアは地面の土を蹴った。

そのまま、すくいあげられる形になった土は、巨体の男に向けて飛ばされていった。

——上手い！

土は完全に顔面直撃コースだし、奇襲の目くらましとしては完璧な部類と言えるだろう。

これで少しは時間を稼げるぞ！

と、僕たちは全力で駆けだしたところで——絶句した。

「逃がさねえぜ」

そう、気づけば……。

僕たちの背後にいるはずの男が、僕たちの進行方向に立っていたんだ。

それはまるで瞬間移動としか思えないような速度だ。

僕もアメリアもその場で立ち止まって、驚きのあまりに声すら出ない。

「そんな……戦猫耳《ワーキャット》の私が一瞬で回り込まれた？」

「人間ってのは鍛えればこんな芸当くらいはできるようになるんだよ。部下たちのワビもしねえまま逃げられるのもメンツにかかわるしな」

ああ、これは終わりだ……。

と、僕とアメリアは思わず息を呑んだ。そうしてニヤリと笑って男は――

「ほんっとうにすまなかった！」

と、その場で土下座をしたのだった。

★☆★☆★☆★☆★

「テメエ等！　カタギには手を出しちゃいけねえっていつも言ってんだろ」

かれこれ、十分くらいだろうか。

山賊たちはゲンコツの連打を落とされ続けて、物凄い勢いでタンコブができていくような有様となっていた。

「破門だ、テメエ等は消えろ！　このスミノフファミリーには外道は要らねえ！」

いやいや、これって一体全体どういうことなの？

と、そう思っていると山賊の頭領は僕たちに再度土下座をした後、その場であぐらをかいた。

「さて、兄ちゃんたち……俺のことを煮るなり焼くなり好きにしろ」

「いや、ちょっと意味分かんないんですけど」

「部下の躾《しつけ》がなってねえのは頭領の責任だ。これでも俺はSランクの賞金首のスミノフ様だ。俺を冒険者ギルドに突き出して賞金を受け取るなり何なり好きにしろ——それが俺なりのワビってことだ」

その言葉を聞いてアメリアは「Sランク賞金首……スミノフ……」と、何かに気づいたようにクスリと笑った。

「なるほど。そういうことですか」

「えーっと……どういうことなの？」

「この人たちは悪徳商人や悪徳貴族専門の山賊ってことですよ」

★☆★☆★☆★☆★

アメリア曰く——。

スミノフさんは、元はどこかの大商会の御曹司だったらしい。

だけど、変わり者で……十代で家を飛び出して二十代の頃には剣の道に生きる人になっていた。

その腕は確かで、武者修行がてらに各地の剣術大会に出場し、三十代に入るころには剣聖とまで言われた実力者だったそうな。

士官なり道場を開くなりすれば前途洋々な未来だったんだけど、不味いことにこの人は曲がったことが大嫌いな性格なんだよね。

で、飢饉と重税にあえぐ貧しい農民の反乱に参加したりして……領主に勝利してしまった。

それ以降、なんやかんやあって悪徳領主や悪徳商人限定の山賊稼業に身を落とした……と。

ちなみに奪った金品の大部分は、孤児院なんかの慈善活動に寄付しているらしい。

ま、つまりは義賊みたいな活動をしている変わり者ってことのようだ。

「ヒロさん……正気ですか？　賞金首として突き出さないとおっしゃるので？」

「うーん……話を聞いている限りは、縛り首になるほどの悪い人では無さそうだしね」

「……いや、それでも数年は遊んで暮らせるような金貨が貰えるSランク賞金首ですよ？」

「だって突き出したら縛り首になっちゃうんでしょ？」

うーん……とアメリアは何かを考えて、そして呆れるように笑った。

「本当にヒロさんは……変な人ですね」

「いやいや、僕たちはスミノフさんには恨みは無いわけだし、襲ってきたのも部下の人たちなわけだし……それも暴走した人たちがってことでしょ？」

と、そこでアメリアだけでなく、スミノフさんもあんぐりと大口を開いた。

「おい兄ちゃん……それマジで言ってんのか？」

「ええ、マジですよ」

「っていうか正気かよ？　俺の首にかかってる賞金は金貨五十枚（日本円で五千万円）だぞ？　なんせ、農民の反乱で領主の軍勢を破った主犯格だからな」

「いや、正気って……自分から首を差し出すような人には言われたく無いですが」

「俺のは何ていうかこう……生き様みたいなもんなんだよ。お天道様に恥じる生き方はしないっていうかな」

「だったら、僕のこれも生き様みたいなものですよ。僕には貴方が縛り首になって当然のような悪人には思えません」

「……」

「ただ、いくら盗みをする相手が悪徳でも、暴力で奪って……というのは、根本的に間違えてますけどね。そこだけは声を大にして言っておきますが」

と、そこで呆れたようにスミノフさんはゆっくりと立ち上がった。

そしてそのまま彼は優しい笑みを浮かべ、僕にゆっくりと右手を差し出してきた。

握手？と、思ったので、こちらも手を差し出したところで――両手で僕とアメリアは突き飛ばされた。

「何するんですかっ⁉」

え？　やっぱり悪い人だったの⁉

と、僕が狼狽したところで、スミノフさんが険しい顔で大声で叫んだ。

「ミノタウロスだ！」

続けざま、僕が突き飛ばされる前にいた空間に、巨大な斧が振り下ろされるのが見えた。

スミノフさんも僕たちを突き飛ばすと同時に回避行動に入っていたらしく、大きく横に跳んでいる。

結果的に誰も斧の一撃を受けていないわけなんだけど――

「……ミノタウロス？」

いや、確かに……巨大な牛頭の怪物が見えるけどさ。

「っていうか、ミノタウロス！！！？」

それは危険度Sランクに指定されるほどの、凶悪にして巨大な魔物だ。

元々は巨人族の亜種ということで、その身長は聞いて驚くことなかれ――目測十メートルオーバー。

これまた巨大な戦斧《せんぷ》を持っていて、オマケに牛なのに灼熱《しゃくねつ》のブレスまで吐くらしい。

普通に相手をするなら騎士団が数百人とか必要な魔物で、もちろん……僕たちでどうこうできるようなシロモノではない。

「こりゃあもうダメだ！　いくら俺でもミノタウロス狩りは無茶だぜ！」

どうやらSランク賞金首であり、凄腕の剣士でもあるスミノフさんでもダメらしい。

もちろん、僕はおろかアメリアもまともに立ち向かってどうこうできる相手じゃないだろう。

「おい！　ここは俺が囮になるから兄ちゃんたちは逃げろ！　他の奴らもさっさとトンズラかませ！　時間は俺が稼ぐっ！」

スミノフさんは剣を抜いて、半ば怒声のような勢いで僕たちにまくしたててきた。

「そんな！　それじゃあスミノフさんが死んでしまいます！」

「俺は泣く子も黙る山賊——Sランク賞金首のスミノフだ！　いざって時に、ガキや部下の面倒を見られなくて——何がアタマだってんだ？」

そうしてスミノフさんは親指を一本立てて、ニカリと笑った。

「ま、カッコくらいつけさせろってことだ！」

そのまま、スミノフさんは剣を片手にミノタウロスへと突貫していった。

「ヒロさん……ここはお言葉に甘えて逃げましょう。それに、あの男ならミノタウロス相手でもわずかに勝機はあると思いますし」

「足手まといになるだけだろうし、そうしよう！　で、でも……どうしてこんな高位の魔物がこんなところに⁉」

駆けながら、アメリアにそう問いかける。

森の奥深くの魔境地帯では、人智を超えた魔物が闊歩《かっぽ》しているとは聞いたことがあるけど……。

この山はまだ魔境の大森林の浅い部分で、ほとんど人間の領域のはずだ。

だって、証拠にまだ僕はスライム以外の魔物を見ていなかったくらいだし。

と、そこでアメリアは申し訳なさそうな声でこう言ってきた。

「私を追いかけて来たんだと……思います」

「ど、どうしてアメリアは……そんなとんでもない魔物に追われているんだ⁉」

いや、今はそんなことを話している場合じゃない。

そんな暇があるなら、ただ全力で逃げるべきだ。

と、全力疾走の僕たちだったんだけど、そこで「あ……」と、僕とアメリアは共に立ち止まった。

「何でここにもミノタウロスが⁉　さっきのはスミノフさんが止めているはずだろう⁉」

「ごめんなさいヒロさん！　私を追って来ていたミノタウロスは……複数なのですっ！」

くっそ……一体全体アメリアは何をやらかしたんだ⁉

ミノタウロスって、そもそも単体行動しかしない種族のはずだろう？

そんな種族に同時に狙われるなんて……。

と、そこで僕の目に、ミノタウロスが大きく大きく息を吸い込む姿が映った。

――ブレスが来る

それも、アメリアも僕も絶対に即死する奴が。

そう思った僕の体は自然に前に出ていた。

そしてそのままアメリアを庇うように、僕は両手を広げたんだ。

「ヒロさんっ！　ダメです！　無謀です！」

「スミノフさんじゃないけど、僕は男だ！　ここはカッコつけさせて！」

と、その刹那――。

ゴオオオオッと、熱気と共に僕を包んだのは灼熱の獄炎だった。

「グアアアアッ！」

カッコはつけてみたけれど……これは間違いなく終わった。

ミノタウロスの炎といえば、ブレスに耐性がある亜人：ドラゴニュートの身をも焦がすという話だ。

鋼鉄の鎧も溶かす次元らしいし、ただの人間でしかない僕が食らえば、文字通りにひとたまりもな――

「あれ？　熱くない？」

しかも、背後にいるアメリアも一切焼かれていない。

いや、僕が盾になっている形にはなっている。

けれど、ミノタウロスが吐いたのは広範囲のブレスだよね？

アメリアに届く炎が軽減されるのは間違いないんだけど……。

それにしても、全く焼かれてないなんてことは……。

――そもそも僕はどうして無傷なの？

いや、服はちょっぴり焦げてるけど……って、何で服も焦げる程度で済んでるんだろう？

ドラゴニュートの身を焦がすってことは、普通の素材の服なんて瞬時に燃え尽きるはずなんだけど……。

「……？」

「……？」

僕とミノタウロスは、それぞれがお見合い状態となった。

そして、ほぼ同時に「はてな？」と互いに小首を傾げる。

が、ミノタウロスはすぐに気を取り直したように手に持つ戦斧に力を込める。

そして、百キロや二百キロは優に超えていそうな巨大な鉄の塊――戦斧を振り回して僕に躍りかかってきた。

「ウボアアアーーー！」

獣の咆哮《ほうこう》と共に繰り出されるは、圧倒的質量と速度による戦斧の刃。
横からのフルスイングで切られてしまった僕は吹き飛ばされてしまった。

——今度こそ終わった

間違いなく胴を分断されて真っ二つにされた。
そう確信して、僕は瞳を閉じたんだ。

——でも、今回の人生も誰かを助けて終わるなんてね。それも悪くないかな……。

いや、悪くないなんてことないよ。
だってこのままだとアメリアは間違いなく死んじゃうだろうし、助けていないんだもん。
けれど、こんな巨大な斧の一撃を受けてしまったら僕なんて、文字通りの一刀両断なわけで——

「……あれ？」


いや、吹き飛ばされたんだよ？

確かに吹き飛ばされたし、背中を大きな樹木にぶつけたわけだ。

けれど勿論、意識もあるわけで、体を真っ二つにもされていない。

いや、戦斧の直撃を受けた脇腹のあたりはわずかに痛いけどね。

「これは一体全体どういうことだ？」

鉄を断ち切り、龍を砕くともいわれるミノタウロスの……戦斧だぞ？

その場で考え込みたくなったけれど、そこでアメリアの悲鳴が僕の意識を一気に現実に引き戻した。

「きゃああ！　ミノタウロスがもう一体！」

なんだって⁉

さっきのミノタウロスもやってきたってこと⁉

スミノフさん……やられちゃったの⁉

と、そこで逃げてきた場所から怒声のような大声が響いてきた。

「すまねえ兄ちゃん！　もう一匹そっちに行った！　俺はこいつを止めてるだけで精いっぱいだ！」

良かった、スミノフさんはまだ最初のミノタウロスと交戦中で無事のようだ。

いや、でも……ってことはこのミノタウロス……三体目なの⁉

これって小規模な騎士団なら総出の戦力が必要な感じだよね⁉

っていうか、僕とアメリア……前と後ろをミノタウロスに挟まれちゃったよ！

どうする⁉　どうする⁉　どうすれば良い⁉　どうすれば……アメリアを助けることができる⁉

——僕が囮になってアメリアだけでも逃がす⁉

ダメだ！　ミノタウロスは二体いるし、都合よく両方とも僕を狙うなんて限らない！

くそ……くそ……どうすれば良い！

そう思った瞬間、頭の中に響いた神の声を思い出した。

『善行を確認。苦境における自己犠牲……ボーナスポイントも付与されます。善行ポイントが一定値に達しました。スキルを一回行使できます』

スキル……っ！

そう、文字化けしていたあのスキル！

どんな効果があるかさっぱり分からないけど、今はこれに望みをかけるしかない！

「スキルを行使させてくれ！」

と、そう叫んだ瞬間、一面が眩《まばゆ》いばかりの閃光に包まれた。

「何だこれ⁉　巨大な卵がっ⁉」

言葉の通りそのままの意味だ。
つまり、僕の眼前に……突然に一メートルほどの楕円形の卵が現れたんだ。
「何だ⁉　何だこれは⁉　何なんだこれは⁉」
その時、僕の問いかけに応じるように機械音声のような神の声が、頭の中に響き渡った。

――スキル【ガチャ】が発動しました。今回出たのはランク：ＬＲ《レジェンドレア》の神龍の卵です。同時に称号：神龍使いに関連するスキルが複数付与されます。

ん？　これはどういうことなのだろう。

がちゃ……？

がちゃ……がちゃ……ガチャ？　LR《レジェンドレア》……？　ガチャで……LR《レジェンドレア》？　つまりはこれは――


――ガチャだっ！


っていうか、キッチリと異世界転生のお約束のチートスキルっぽいものが与えられてるんじゃないか！

これは神様に感謝するしかない！

しかもレジェンドレアだって!?　これならSランクの魔物にも対抗できるはずだ！　と、なると――

「さあ、卵から生まれでてくれ神龍よ！　そしてアメリアを……守ってくれ！」

神龍使いになったらしいし、そんな感じで僕は大きな声で卵に呼びかけてみる。

しかも、都合の良いことに、先ほどの閃光でミノタウロスも異変に気付いて慎重になってくれている。

どうにも迂闊《うかつ》には攻撃はせずに、こちらの様子を窺ってくれているみたいだ。

良し、これならこちらの準備が整うまで時間稼ぎもできそうだ！

「……」

「……」

「……」

そして訪れる静寂。

流れる時間は……漂う緊迫感の中で、概ね数十秒の長きにわたることになった。

「……」

「……」

「……」

そして、やはり森を包む静寂、ただただ流れゆく時間。

――って、何も起きないのっ⁉

微動だにしない神龍の卵に向けて、僕は思わず心の中で叫びをぶつけてしまった。

するとそこで、僕の問いかけに応えるように機械の音声――神の声がこう回答したんだ。

――神龍公の卵は大器晩成型です。産まれてからが本番なので、レベリング環境を整えましょう。

それは無茶だよ神の声！

いやいや、レベリング以前にアメリアと僕が今ここで死ぬって！

と、ミノタウロスたちもそこで様子見を終えたようで、戦斧を片手にジリジリとこちらに寄ってきた。

不味い……不味いぞ……これは不味い。

もはやこれまで……か。

本日、何度思ったか分からないそんな思いだけど、さすがにもう本当にお終いだろう。

スミノフさんも一体のミノタウロスだけで精一杯みたいだし、頼みの綱のガチャスキルも大器晩成型が採用されるという壮絶なオチまでついていた。

――やっぱり僕……ツイてないのかな

それは前世から思っていたことではあるし、この世界でもそうなのかもしれない。

「ごめんアメリア。僕の不運に君まで巻き込んだみたいだ」

そう呟くと同時——空から巨大な何かが降ってきた。

「次から次と……何なんだっ⁉」

ドシーンと響く着地の重低音。

地面を震わせながらその場に現れたのは……銀色に輝く巨大な体躯の生物だった。

完全武装《フルプレート》の騎士を思わせるような硬質なフォルムの肌に、一つ一つが大剣と言っても差し支えのないようなサイズの鋭利な牙。

それはファンタジー世界の強者の代名詞とされる存在だ。

つまりは今、僕の眼前に空から降り立った存在は全身が銀色に輝く——

「古代龍《エンシェント・ドラゴン》っ⁉」

体高はミノタウロスと同程度で、翼を広げた横幅は二十メートルを優に超える感じか。
——正にファンタジーの代名詞
その悠然にして雄大な姿に、僕とアメリアは同時に顔を見合わせて、息を呑んだ。
もう、何から何までワケが分からないけど、はたしてこのドラゴンが敵なのか……あるいは味方なのか……それが問題だ。

ゴクリと息を呑みながら、僕はドラゴンとミノタウロスに交互に視線を送る。

するとドラゴンも卵と僕に交互に視線を送り、ニコリと笑ってこう言ったんだ。


「ほう、貴様……神龍公の卵を持っているとな？　面白い、ここは助けてやろうぞ！」


よし！　来た！

最後の最後に、幸運の女神は僕にようやく微笑んだ！

いや、龍の卵ときて、成龍の古代龍さんと来たからには、そんな予感はあったけどさ。

と、その時、巨大な戦斧を振りかぶり、ミノタウロス二体が古代龍さんに襲い掛かったんだ。

で、そのまま古代龍さんは戦斧の直撃を受けてしまった。

えーっと……ミノタウロスの戦斧は龍砕きの斧って言われるくらいで……それはちょっと不味いよね⁉


「ふふ、流石よの……牛頭っ！」

おお、大丈夫みたいだ！

だって、古代龍さんは戦斧の直撃を受けても、微動だにせずにそう言って笑ったんだから。

「だが、この我でも……この戦斧に耐えられるのは十五度……いや、十度持つかどうかというところか。まあ、流石は牛頭じゃ。群れで相手にしたい連中ではありゃあせぬなっ！」

前言撤回。

ちょっとは……いや、けっこう効いているってことみたいだね。

と、なるとさすがは危険度Sランクのミノタウロスってところなんだろう。

そして古代龍さんから距離を取ったミノタウロスは大きく大きく息を吸い込んで――

「ふはは、それは愚策じゃろう牛頭！　我を相手にブレスじゃと？」

言葉の通りに、ミノタウロスは二体同時に赤い炎のブレス攻撃をドラゴンに放ったんだ。

「危ないアメリア！」

と、叫ぶと同時、古代龍さんが放った風魔法で僕たちは空へと向けて飛ばされることになった。

「うわあああ⁉」

「きゃあああ⁉」

それで、ブレスは今度も古代龍さんに直撃だったんだけど、これはノーダメージみたい。

そうして古代龍さんはその巨大な体を捻らせて――尻尾でミノタウロスを薙《な》ぎ払った。

「ウボオオッ！」

空に舞う二体のミノタウロス。

叫び声から察するに、尻尾の強烈な一撃はミノタウロスの分厚い筋肉をものともせずに、相当なダメージを与えたようだ。

と、そこで古代龍さんは空から降りてきた僕たちを背中で受け止める。

期せずして、まさかのドラゴンライダー状態になったわけだけど――

「ブレスは一度使うとしばしの間は動けぬ。ならば、今度はこちらからブレスをいかせてもらうぞ」

おお、凄い！

ミノタウロスの吐き出した赤い炎とは違って、こちらは青い炎だ。

青い炎っていうことは、赤い炎よりも温度が高いってことだよね？

だったら、やはり本職のドラゴンブレスは文字通りに格が違うってことなんだろう。


「フハハ――牛の丸焼きというとこじゃなっ！」


尻尾の攻撃で空中に吹き飛ばしたところを、ブレスでの強烈な一撃でダメ押し。

っていうか、巨大生物同士の格闘戦からのブレスの撃ち合いって……まるで怪獣映画か何かを見ているような大迫力だ。

ともかく……古代龍さんの言う通りにミノタウロスは丸焼きになって地面に崩れ落ちて、ピクリとも動かない状況となった。

「この場は何とかなったみたいだけど……スミノフさんは!?」

と、僕が向こうを見てそう言うと、古代龍さんは「カッカ」と笑った。

「あの剣士は人間にしては中々に見どころのある奴じゃ。向こうの牛頭の精気は既に途絶えかけておるよ」

「ってことはアメリア？　僕たち……ひょっとして助かったのか？」

そう尋ねると、アメリアの代わりに……古代龍さんが僕に向けて荘厳な声色でこう答えたんだ。

「我は神龍公の卵を保護しただけじゃ。まあ、そのついでに貴様も助かったと言えなくはないがな」

フンッと鼻息と共にそう言う古代龍さんの言葉を聞いて、今度はアメリアが頷きこう言った。

「……ええ、どうやら助かったみたいですね」

正に死地からの……九死に一生。

緊張の糸が切れた僕とアメリアはその場でフニャリとへたりこんでしまった。

新スキルまとめ

★新規獲得
・スキル【神龍使い】
・【龍の加護】軍団ＨＰ１・２倍
・【神龍の加護】軍団ＨＰ１・５倍

現時点での各種バフまとめ

★変動状況まとめ
・ＨＰ倍率
新スキル適用前：２４０倍＝３（巨神タイタンの加護）×２（城門堅固）×５（むしろ貴方が巨神自身）×８（ステータス倍率）
新スキル適用後：４３２倍＝３（巨神タイタンの加護）×２（城門堅固）×５（むしろ貴方が巨神自身）×１・２（龍の加護）×１・５（神龍の加護）×８（ステータス倍率）

★部下関係倍率
・部下ステータス倍率
8倍＝2（軍団指揮）×2（領地運営）×2（城門堅固）
・部下ＨＰ倍率
新スキル適用前：8倍（ステータス倍率）
新スキル適用後：14・4倍＝1・2（龍の加護）×1・5（神龍の加護）×8（ステータス倍率）

ドラゴンは食後高血糖が気になるお年頃でした

「しかし、ミノタウロスごときに怯《おび》えておるような人間が……何故に神龍公の卵を持っておるのじゃ?」

不思議そうな表情で古代龍さんが尋ねてきた。

だけど、僕としてはこの場合は正直にこう答えるしかないだろう。

「いや、それが僕も良く分からなくて……」

「ん? 良く分からないじゃと? 神龍使いとして……卵とモンスターテイムのリンクがきっちりとつながっておるのに? よほどの理由が無いとこうはならんじゃろう」

「と、言われましても……」

いや、ガチャとか言われても古代龍さんも良く分からないだろうしね。

そもそも僕も良く分かんないし。

と、そこで古代龍さんは何やら考えて、溜息と共にこう言った。

「うーむ。今は亡き神龍公の忘れ形見じゃからな。事情があって貴様が預かっておるのだろうが……このような情けない輩《やから》に任せるのも龍族としてはどうかと思う。龍が卵を人間に預けた先例はないこともないが……その場合は普通は英雄とかじゃしの。ということで、この卵は我が預かろうと思う」

いや、話の流れ的にはそれもアリといえばアリなんだけどさ。

この古代龍さんも卵のことはちゃんと心配している感じだし、大事にもしてくれるんだろう。

とはいえ、龍の卵なんだよ？

なんて言うか……凄い男の子の心を鷲掴みするようなモノではあるよね。

で、一応は僕も男の子なわけで、取り上げられるのはちょっと……あれな感じもする。

「あの……できれば、この卵は僕に任せてほしいのですが……」

「フンッ！　そのような言葉はミノタウロスを単独で討伐できるようになってから吐くが良い！」

「返す言葉もありません……」

「それじゃあの！　人間よ――助けてもらっただけで感謝するが良い！」

と、古代龍さんが卵を抱えて翼を広げたその時――

――グゴゴゴゴーーーーーッ！

この世の終わりのような、そんな地獄の底から届くうめき声のような爆音が周囲に鳴り響いた。

「えーっと……今のは何の……音？」

と、そこで、何やら古代龍さんは背中を丸め、こころなしか体を縮こまらせるような仕草をした。

そんな僕の問いかけに、古代龍さんはプイッと顔を背けてこう言った。

「ひょっとして……」

「今のは……我の腹の虫の音じゃ」

「腹の虫？」

「うむ。現在……我は断食ダイエット明けでな」

「断食ダイエット？」

「そのおかげで五感も鋭敏になり今回の異変に気づけたのじゃが……」

「でも、どうしてダイエットなんかを？」

そうして古代龍さんはしばし押し黙り、顔はそむけたままに尻尾を不機嫌そうにゆさゆさと震わせた。

「……我は高血圧と食後血糖値が気になるお年頃なのじゃ」

高血圧と食後血糖値……だと？

ええと、この世界での龍族は高い知能と文化を持つって話だよね。

それと昔の英雄譚とかによると『どう考えてもバトル系転生者』っぽい人たちと、超高確率で絡んでいたりするわけなんだ。

なので、古代龍さんが現代知識をある程度知っていたとしても不思議ではないけどさ。

しかし、高血圧と食後血糖値……か。

ファンタジー世界の中でも最もファンタジーっぽいこの存在から……まさかそんな言葉を聞こうとはね。

「ともかくじゃな。そういうわけで我は龍の巣にある高級レストランで、断食明けのレッツパーリーナイトの乾杯と洒落こもうと思っているわけじゃ」

いや……レッツパーリーナイトって。

これまた龍の巣というファンタジーな単語から想像できない単語が飛び出してきたぞ？

「ともあれ……我も今の戦いで無駄にカロリーを使ったしの。ドラゴンブレスは腹が減るし、物理龍結界も燃費悪いんじゃぞ？　これでは龍の巣まで我慢できんわ。つまり、我は腹ぺこドラゴンなのじゃ……お主のせいでな」

恨めしげな視線でそう言われてしまった。

で、何だか申し訳なくなった僕はポンと掌を叩いた。

「料理……作りましょうか？　ちょうど豚肉もたくさんありますし」

「馬鹿か貴様は？　我が何のために龍の巣に戻ろうとしておると思っておる？」

「と、おっしゃいますと？」

「断食明けの最初の食事ぞ？　そんなもん――腹を減らせるだけ減らした後に、最高に美味いもの食べたいからに決まっておるのじゃ！」

ああ、なるほど。

まあ、そういうことなら龍の巣まで我慢して飛んでいってもらうしかないだろうね。

「しかしじゃの、腹ペコでもはや死にかけのクタクタなのもまた事実なのじゃ。参考までに聞かせてもらうが、何を作るつもりなのじゃ？　言っておくが我はグルメじゃぞ？」

「まあ、長く生きてそうですもんね」

「左様。古今東西の美食を極めた我を満足させるには、龍の巣の珍しい料理くらいしかありゃあせぬ。で、貴様は何を作るつもりなのじゃ？　まあ、どうせありふれた……しょうもない料理なのじゃろう？　期待は一切しておらんが、聞くだけは聞いてやろう」

実際問題、今……僕が作ろうとしているのはありふれた料理だ。

調理も簡単だし、こんなの誰でも作れるとしか評しようが無いんだけどね。

「豚の生姜焼きです」

「何……？　ショウガヤキじゃと？」

ピクリと古代龍さんの耳が動いた。

「あはは……おっしゃる通りにありふれた料理で申し訳ありません」

「……味付けは？　どのような調理法の料理なのじゃ？」

「え？　生姜と醤油と……味醂《みりん》の代わりに砂糖と白ワインで豚肉を焼くだけですけど？」

「味醂……醤油……」

そして古代龍さんは僕とアメリアを交互に見た後、僕の耳に顔をズイっと近づけてきた。

「お主……ひょっとしてあれか？　出身日本か？　あと、これって内緒にしといたほうが良い奴か？」

「え……日本？　まあ、出身はそうですけど？」

で、古代龍さんは満面の笑みを作り、前脚でポフポフと僕の肩を優しくたたいてきた。

「いやー、実はそれは我の大好物なのじゃ！　それと――」

「それと？」

「今日からお主は我の盟友じゃ！　神龍公の卵もお主に任せる‼　っていうか、信頼の上で任せまくるのじゃ！　ってことで、ちょくちょく我に飯を食べさせるのじゃ！　カラアゲやらトン汁やらを久しぶりに我は喰いたいのじゃ！　時にお主――スシは作れるか？」

「うーん……材料さえあれば手巻き寿司なら何とかなりますよ？　まあ、本格的な握りずしとかは無理ですけど」

「手巻き！　久しい！　これは久しい言葉を聞いたぞ！　ラーメンは⁉　お主はラーメンは作れるのかっ⁉」

「ああ、それなら大丈夫ですよ。鶏と豚の骨があればですけど」

「やはり思った通りじゃ！　いやあ、我ってば、一目見た時からお主は見込みがあると確信しておったぞ！」

キラキラした瞳でそう言われてしまった。

っていうか、さっきまで「使えない男」扱いで卵を持っていこうとしていたのに……。

まあ……昔に転生者と出会っていて、日本食フリークになっちゃってる系のドラゴンさんなんだろうけどさ。

ともかく、これについては昔の転生者さんに感謝だね。

「では、いただこうか――ショウガヤキ！」

と、そこで森の奥から、大剣片手にスミノフさんがこちらに歩いてくる姿が見えた。

「ふー、ようやく片付けたぜ。しかし、一体何が起きたんだ？　そっちからも戦闘音が聞こえてきていたが……」

そしてスミノフさんは大きく目を見開き、剣を構える。

「え、え、え……エンシェント……ドラゴンだと？　次から次へと何が起きてやがる⁉　さすがにこれは……本当に俺でも手も足も出ないシロモンだが……」

そのままスミノフさんと古代龍さんが対峙して睨みあったところで、僕は「あはは」と笑いながらこう言った。

「ええと……敵ではないです。古代龍さん曰く……僕とは盟友ということらしいです」

「おい兄ちゃん……？」

「はい、何でしょうかスミノフさん？」

「龍と盟友って……古今東西、そんなものは英雄譚の中でしか有り得ねえ話だぞ？　お前……何者だ？」

そう言ってあんぐりと大口を広げて、スミノフさんはその場で呆然と立ち尽くしてしまったのだ。

★☆★☆★☆★☆★

「うむ！　この味じゃこの味！」

物凄い勢いで、古代龍さんの口の中に豚肉が入っていく。

十五キロの豚肉が、あっという間に次々と胃の中に消えていくものだから圧巻以外に言葉が出てこない。

でも、サイズ的には明らかに少ない感じなんだよね。

なんせ、翼を広げれば二十メートル以上もあるわけで、体重とかも十トン……いや百トンのレベルなんじゃなかろうか。

それなのにたった十五キロのお肉なんだもんな……。

ただ、聞くところによると古代龍さんはサイズ比的に言うと物凄い小食みたいなんだよね。

聞けば大気中の魔素を吸い込んでいるとかいう理屈で、光合成的な感じでエネルギーの大部分を賄《まかな》っているらしい。

とはいえ、魔素からは得られない部分もあって経口摂取に頼らなければならない部分もほんの少しあるのだとか。

で、まあ、実際にはほとんど食べなくても良い感じなんだけど、龍族はグルメが多いので必要以上に食べる龍たちが多いってことらしい。

そうして過剰摂取された栄養素で内臓が悲鳴をあげて、高血圧や糖尿病、それにメタボなんかの生活習慣病が流行っていると……。

まあ、このあたりは食物連鎖の頂点にいる生物に共通する問題なんだろう。

現代の日本なんて飽食と美食の関係でモロにそうだしね。

「くうう――！　たまらんの！　やっぱりショウガヤキはたまらんの！　酒が飲みたくなるわ！」

甲高い声でそう唸っている古代龍さん。で、もう一方の山賊団の人たちは――

「スライム鍋うめぇえ！」


こちらは、スミノフさんの部下の人たちだ。

ちなみに、この人たちは山賊のアジトから援軍を後で二十人も連れてきたので、ミノタウロスの襲撃の時に単純に逃げたというわけでもないらしい。

「しかしウメエよスライム鍋！　ちゅるんってしてて、コリコリーって……もう最高だな！」

そうそう、今回は干しスライムをラーメンっぽく細長く切ってみた。

食感も春雨とかキクラゲっぽいしね。

豚の脂身も手に入ったし、ラーメンみたいな感じで仕立てれば……と思ったんだけど、狙いはドンピシャってところだね。

「ショウガヤキもマジでやべぇよ！　こんなの食べたことねえよ！」

「っていうか、お前等！　アジトから酒持ってこい酒！　鍋っつったら酒って相場が決まってんだからよ！」

スミノフさんがそう言うと、何人かの下っ端と思わしき部下の人たちが、大急ぎでどこかへ走り去っていこうとする。

「我の分もな！」

「もちろんだドラゴンの旦那！　おいジョージ！　樽ごとだ！　樽ごと持ってこい！」

で、その十分後には宴会が始まってしまったのだから、僕としては苦笑いするしかない。

まあ、みんな楽しそうだから良いけどね。

「しかしヒロさん……信じられません」

「ん？　信じられないというと？」

さきほどから生姜焼きをつつく、アメリアのフォークも止まらない感じだ。

古代龍さんや山賊団もガンガンいくけど、いやいや中々どうして……こっちだって負けていない感じの食べっぷりだよね。


『止まらん！　止まらんぞ！　ショウガヤキが止まらんぞ！』


『こっちも肉が止まらねえ！　鍋も止まらねえ！　酒も止まらねえ！』

そんな宴会の喧騒をＢＧＭに、アメリアは小さく頷きこう言った。

「使っているのは醤油と砂糖と白ワイン……それとショウガくらいなのですよね？」

「砂糖はそんなに入れてないけどね」

「ショウガ……そこらに自生している植物ですよね？　ショウガは私たちは薬として使っているのですが……」

そういえば生姜はインドでスパイスとして使われているんだったか。

あの辺りの食文化は漢方に通じるものがあって、スパイスっていうのは薬膳料理の文化の側面もあると聞いたことがあるな。

生姜は体をポカポカさせる作用とか、殺菌成分も入っているしね。

「薬を……料理に使うとこんなに美味しいなんて……」

アメリアが涙まで流しそうな勢いだったので「大袈裟だよ」と僕は苦笑した。

「でも、これくらいの味の料理ならアメリアたちの里にもあるんじゃないの？　同じ調味料使ってるわけだしね」

「いや、こんな凄い料理は戦猫耳族《ワーキャット》の里には存在しませんよ。料理と言えば焼くか煮るかくらいで、醤油にしても『つける』程度の文化なので……」

『いやー、美味い！　いつまでも食べていたいくらいじゃ！　っていうか酒じゃ！』

『追加だ！　ドラゴンの旦那に追加の酒だ！　あと、何でも良いからツマミ持ってこい！　美味すぎてソッコーで料理が全部消えちまった！』

うーん、どうやら向こうは大盛り上がりみたいだね。

と、そこでドラゴンさんが千鳥足でこちらにやってきて、僕の横で座り込んでしまった。

ちなみに目は完全に据わっているので、酔っぱらい状態なのは間違いない。

「……食い足りん。食い足りんぞ！」

「ええ⁉　見た目の割にはそんなに食べないって話じゃなかったんですか？」

「いや、ショウガヤキが美味すぎての。しかし……まあ、腹三分で止めておこうか、生活習慣病も怖いしの。っていうか、最近……マジでヤバいんじゃ」

「マジでヤバいとおっしゃると？」

「座ったところから立ち上がるとな、血流か血圧がおかしいのか……百パーの確率でフラッときたりするしの」

「それは……確かにマジでヤバい感じですね」

「じゃから断食とかしとるんじゃよ。他にもいつも体調悪いしの。ま、断食で多少はマシになったが……実は今でも体はちょっとダルいんじゃ」

「なるほど……」

「ところで、これからも料理を食わせてくれるのじゃよな？　なんせ、お主は我の盟友じゃからな。仲間ってことじゃからな？　お主もそれで良いよな？」

「ええ、構いませんよ」

っていうか、全ての原因は食欲がヤバいところにある感じだけど、本当に大丈夫なのかなこの古代龍さん？

メタボ系の病気で自覚症状があるって、間違いなくお医者さんに見てもらった方が良いレベルだと思うんだけど……。
と、その時、僕の頭の中に神の声が聞こえてきた。
――古代龍が支配下に入りました
――スキル【ナイチンゲール】が発動しました。薬効：ショウガの効力は抜群です。
――スキル【癒しの御手】が発動しました。薬効：ショウガの効力は抜群です。
――スキル【神龍使い】が発動しました。龍に与えるエサの効力が大幅に向上します。
――スキル【無病息災】が発動しました。支配下の戦力の健康が増進されます。
ん？　何か色々と一気に神の声がアナウンスしているけど……。

――薬効？

すると突然、古代龍さんが鼻息を荒くして目を大きく見開いた。

「ん!?　んんんんんっ!?」
そうして古代龍さんはガバッと立ち上がり、信じられないとばかりに大口を開いた。
「やっぱりじゃ！　なんかイケそうじゃからやってみたが……立ち上がってもフラッとこん

ぞっ！　それに何だか体中のダルさも吹き飛んだのじゃ！　っていうか――」

そして、満面の笑みで古代龍さんは、大きな大きな声でこう叫んだ。


「み　な　ぎ　っ　て　き　たあああああああああ！」


え？　みなぎってきたって……どういうこと？

と、そのまま古代龍さんは翼を広げて、物凄い勢いで空へと飛びあがった。

「今から我は豚の化け物……デビルボアを狩ってくるのじゃ！　持ち帰り次第、ショウガヤキの調理は任せたぞ！」

と、そんな感じでそのまま古代龍さんは猛烈な速度で空へと消えていった。

「どういうことなんでしょうかヒロさん？」

「い、いや……僕にも何が何だか良く分からない。けど……元気になったみたいで良かったね」

そこで、僕は「あっ」と声をあげてから、古代龍さんが消えていった方角に向けて、大きな声で言葉を放った。


「生活習慣病は怖いですから……腹八分目でお願いしますよー！　満腹はダメですよー！」

と、その時、今度はスミノフさんがこちらに歩いてきて僕に声をかけた。

「ところで兄ちゃん、さっきの話なんだがよ。領主がどうのこうのとか、実家を追放されたとかって話……ありゃあマジの話か？」

「ええ、嘘ついたって仕方ないですし……」

「その状況でエリクサーを猫耳娘に使った挙句に、俺の賞金を断るとはな」

そこでスミノフさんの瞳からキラリと涙が一筋……頬を伝った。

酔っているみたいだし、泣き上戸なのかな？

そんなことを思っていると、スミノフさんは涙を右掌でこすりながら、左手で僕の肩をバンバンと叩いてきた。

「いやあ兄ちゃん……俺は……俺はよ……！　どうやらお前を気に入っちまったようだ！」

「え？　気に入ったってどういうことですか？」

「俺自身は実家に三行半《みくだりはん》をつけた根無し草で、そこからは反乱を起こした農民を率いて……今現在は義賊稼業よ！」

「ええ、そういう話でしたよね」

「だが、そろそろ山賊団も限界でな。放浪生活に嫌気がさして、ゲスな方法でも……カタギに手を出してまでも金を稼いで足抜けしようと、そういう奴が出ちまっているのは事実だ。だから、今回兄ちゃんが狙われたわけで……本当に申し訳ねえ」

「いや、だからそれは良いんですって。もう気にしてませんし」

「そこで相談なんだ。俺たちゃ重税で私腹を肥やすクソ野郎どもに大人しく従うのが大嫌いってだけで、別にカタギの仕事をやりながら、平穏な生活を送りたくないってわけでもねーんだわ」

「……なるほど。話は大体読めてきましたが、それで？」

「で、実際問題——流浪の生活でみんな疲弊しちまってるんだ。このままじゃ暴走する奴が増えてカタギに迷惑かけちまうのは明らかだ。なあ……ヒロの旦那よ？　アンタ、今から未開の大森林を開拓すんだろ？　あんたみたいな領主なら……俺は上手くやっていけそうな気がすんだよ。力仕事なら人の何倍も役に立つことは保証するし、イザとなりゃあ全員腕は立つさ」

しばし僕は黙り込んだ。

そうして、少し考えてから、ニコリと笑ってスミノフさんに右手を差し出した。

「暴力や盗みは厳禁ですよ？」

そう言うとスミノフさんは「あたりめえだ」と笑いながら、僕の右手を握り返してきたのだった。

と、そこで神の声が僕の頭の中に響き渡った。

——剣聖スミノフとその部下二十名が支配下に入りました。スキルが適用されます。

★☆★☆★☆★☆★

「ワッショイ！　ワッショイ！」

筋肉質な男の人たちの掛け声を聞きながら、僕は若干引き気味になってスミノフさんに尋ねてみた。

「いや、スミノフさん……この状況は何なんですか？」

と、言うのも僕は今……昨日のキャンプ地を出発する前に即席で作られた神輿《みこし》みたいな、そんな乗り物の上に乗せられちゃってるんだよね。

「なんかみんな……みなぎってきちまってよ。無駄にパワーが余ってる感じで、だったら《新お頭》を担いじまえって寸法よ」

ん？　新お頭？

何か不穏なワードが聞こえてきたけど……まあ、ここはスルーしておこう。

いや、何がどうしてそうなったかは分からないでもないんだけど、僕は領主であって暴力集団の首領ではないから……。

彼らの中での一時的なブームでそういう呼び方になっているだけの可能性もあるし、今はそっとしておこう。

上司権限で色々と強制するのは嫌だしね。

でも、もしもその呼称が定着しそうなら……やっぱり言わなきゃいけないんだろうなぁ……。

「ところで、パワーが余ってるってどういうことなんですか？」

「いやよ、朝起きた瞬間っつーか、昨日の寝る前から変に力がみなぎってる感じがすんだよ。こんな風にな」

そうしてスミノフさんはビュオンと風切り音と共に、道の横にあった大岩に向けて剣を振るった。

すると、断面がヌルリと滑らかな感じで大岩が切り取られた。

「凄いですよスミノフさん！　岩がバターみたいに簡単に切れました！」

「これでも昔は剣聖って言われたからな。剣も業物《わざもの》だし、岩を斬るくらいはワケねえわ。けどな――」

「けど？」

「滑らか過ぎんだよ、断面が」

まあ確かに……麻雀《マージャン》はやったことないけど、麻雀の白牌みたいにヌルリとした感じだよね。

もう、これでもかってくらいにツルッツルな断面だ。

「こんな芸当は俺の師匠くらいしかできやしねえぞ？　力も異様にみなぎってるし、どうして急にこんな……そういえばドラゴンの旦那もみなぎってきたとか言ってたな」

と、そこで今まで黙っていたアメリアが口を開いた。

「私も……実は昨日から……みなぎっているんです」

「え？　アメリアも？」

「そうです。本当なら昨日の山賊さんたち——あの人数に囲まれて私が圧勝できるわけが無いんですよ。高位のビーストテイマーのスキルかと思ったんですが……」

「ああ嬢ちゃん、ビーストテイマーのスキルとするとそいつはおかしいぜ？　嬢ちゃんや古代龍の旦那はともかく、俺等は普通の人間だからな」

「うーん。不思議なことだね」

いや、まだ確信が無いからトボけてみたけど、心当たりは実は僕にもあるんだけどさ。

さすがにあれだけ神の声が色々と言ってたら、嫌でも気づいちゃうよね。

「ヒロの旦那？　アンタひょっとして——」

と、スミノフさんが何かを言いかけたところで、先頭を行く元山賊さんの、慌てた様子の声が聞こえてきたんだ。

「新お頭！　手入れだ！　裏ギルドの賞金稼ぎの連中ですぜ！」

★☆★☆★☆★☆★

さて、僕たちは二人の男女に行く手を阻まれてしまった。

元山賊さん曰く、賞金首ハンターの人らしいんだけど……。

でも、こっちは二十人以上いるのにたった二人で仕掛けてくるなんて、よほど腕に自信があるんだろうか？

ともかく、一人は槍使いの戦猫耳族《ワーキャット》。

そしてもう一人は人間の剣士のように見える男の人でどちらも年齢は二十代後半くらい。

で、剣士の人がこちらに語り掛けてきた。

「久しぶりだねスミノフ」

「ああ、久しぶりだなリチャード。帝都の剣術大会以来か？　しかしテメエも落ちたもんだな……聖都の聖騎士団のホープが今じゃ裏ギルド所属なんてよ」

「ふふ――まあ、ちょっと騎士団長がウザかったんでね。後ろからブスッといっちゃったから仕方ない」

と、そこで色々と疑問になった僕はスミノフさんに尋ねてみる。

「裏ギルドってどういうことなんですか？」

「ああ、表じゃ仕事ができない連中の吹き溜まりだ。賞金稼ぎみたいな危ない橋は表の連中はあんまし手を出さねえからな……」

「ん？　表の仕事ができないって……じゃあ、賞金の換金とかは？　それは冒険者ギルドを通さないとダメなんじゃ……」

「そこで登場するのが裏ギルドだ。名義貸しやら何やらで上手いことやって手数料掠めるのが連中の役割だな」

なるほど。

大体の事情は分かったけど、これは良くない気がするぞ？

スミノフさんを良く知った上で……二人で仕掛けているというのは、やっぱり絶対の自信があるってことなんだろうから。

と、そこで戦猫耳族《ワーキャット》の槍使いの人がアメリアに嘲笑の視線を向けてきた。

「ふふ、久しぶりねアメリアちゃん？　アナタみたいな落ちこぼれが里から出てるって……いよいよ困って無謀なことでもやっちゃってるの？　例えば——アルテミスの弓とかね」

「……」

どうもこちらも知り合いのようだ。

ただ、アメリアはスミノフさんと違って何も答えないね。

「あら？　昔に苛めすぎたせいで……ひょっとしてお姉さんは嫌われちゃってる？」

そうして戦猫耳族《ワーキャット》の女の人は、やれやれとばかりに肩をすくめた。

「ふふ、こっちも仲良く昔話をする気もないし……まあ良いわ。ってことで、リチャードちゃん？　雑魚散らしは私に任せて、一番厄介なスミノフちゃんはアナタが押さえる、当初の予定どおりにいくわよ」

「しかし、相手にも戦猫耳族《ワーキャット》がいるのは想定外だよ？　大丈夫なのかい？」

と、その言葉で戦猫耳族《ワーキャット》の女の人は急に腹を抱えて笑い始めた。

「ふふ、ははは！　あはははっ！　いや、アナタが何も知らないのは無理ないわね？　まあ、戦猫耳族《ワーキャット》でも、こんなのは物の数に入らないわ」

まるでゴミクズを見るかのような視線がアメリアに向けられる。

と、同時、彼女は悔しそうに唇を噛んだ。

「くっ……」

「ふふ、力こそ正義の戦猫耳《ワーキャット》の中で――この子はとびっきりのダメダメちゃんなのよ？　無能・落ちこぼれ・氏族の恥さらし！　この娘は里で馬鹿にされて生きてきた無能ちゃんなのよ！」

「なるほどね。そういうことなら当初の予定通りで大丈夫そうだ」

二人の表情は余裕そのものだ。どうにも、やはりこちらの分が悪そうだね。

「ス、スミノフさん？　これって不味い状況なのでは？」

「いや……大丈夫だ」

スンスンと鼻を鳴らして、スミノフさんは大きく頷いた。

「やっぱりだ。危険な香りが何もしねえ」

「危険な香り？」

「いや、こっちの話だ」

スミノフさんがそう言ったところで、戦猫耳《ワーキャット》の女の人がこちらに数歩歩み寄ってきた。

「ほらほらアメリアちゃん？　丸腰みたいだし一発殴らせてあげるわ。まあ私の見切りを知ってるアナタならこの意味……分かるわよね？」

「弓ならともかく……非力な私の近接攻撃なんて……当たるはずがありません」

「そうよ。だからこそなのよ。実はこれって私の動きを見せつけて、そこのザコ山賊ちゃんたちをビビらせるのが目的なの。戦力差を知って戦意喪失っていうのが一番楽ちんなシナリオだもんね」

「……」

「ほらほら殴っても良いのよ？　ひょっとしたら万が一にも当たるかもだし？」

「……仮に当てたとしても……全部知ってて言ってますよね？」

「ええ、その通り。当たってもアンタの筋力じゃ私にダメージ与えるのは無理よ。だってアンタ非力で有名だもんねー？　アンタができるの弓だけだもんね？　ふふ、昔は弓の扱いは里一番でチヤホヤされてたのに……ド近眼になっちゃってチョー可哀想だよねー？　はは、あん時は人生で一番笑っちゃったわ！　いやー、転落人生マジでウケたわー！」

ワナワナと震えるアメリアに、戦猫耳族《ワーキャット》の女の人が「さあ殴れ」とばかりにどんどんと歩み寄ってくる。

戦猫耳族《ワーキャット》の女の人が言っているのは事実のようで、アメリアはただただ悔しそうに拳を握って……何も言い返せない状況のようだ。

「さあ、チャンスは一度きりよ。万が一当てて、億が一に当たりどころが良ければ私を無力化できるかもの……大チャンスよ！」

戦猫耳族《ワーキャット》の女の人はチョンチョンという感じで、自分の右頬に指を何度かあてがった。

「だから、私の攻撃なんて……」

と、そこでスミノフさんがポンとアメリアの肩を叩いた。

「やってみろ」

「……え？」

「大丈夫だ。俺たちには——勝利の軍神がついてる」

「……どういうこと？」

「それに、強かろうが弱かろうが戦猫耳族《ワーキャット》の血はお前に流れている。戦猫耳族《ワーキャット》は戦に生きる勇敢な種族じゃないのか？　相手はこっちを逃がす気もねえしな……さあ、どうする？」

「そうですね……その通りです」

「ははっ！　本当に無駄な抵抗をやる気になったのアメリアちゃん？」

そしてアメリアは地面を蹴って、猛速度で戦猫耳族《ワーキャット》の女の人に飛びかかっていく。

そのまま繰り出されるのは、渾身の右ストレート。

策も何もない、破れかぶれのド直球の攻撃だった。そして――


「ほぎゃ？」


ゴキャリ。

アメリアの拳が、戦猫耳族《ワーキャット》の女の人の右頬にメリ込んだ。

そのまま戦猫耳族《ワーキャット》の女の人は十メートルほど吹き飛んで、大きな樹木の幹に背中をぶつけて――地面に崩れ落ちたんだ。

「当た……った？　奇襲でもない私の攻撃が……？」

信じられないとばかりにアメリアはマジマジと自分の掌を見つめている。

「っていうか、一撃だったね」

ピクピクという感じで戦猫耳族《ワーキャット》の女の人は痙攣《けいれん》しているし、どうにもワンパンで勝負ありというところらしい。

そして相手の剣士の人は一瞬だけ口をあんぐりと開けて、すぐに思い直したかのように
「ふっ」と笑った。

「所詮は戦猫耳族《ワーキャット》……ケダモノの類だ。もちろん僕も信頼なんて置いちゃいない。まあ、一人で全員の相手が面倒なのは事実だけどね」

「スミノフさん！　あの男の人は強いんですか？」

「五年前の剣術大会で俺はボロ負けだ。しかも見る限り、アイツはあの時よりも相当強くなってやがる」

「そんな……っ！」

僕たちの会話に満足したのか、剣士の男の人は大きく頷いた。

「その通りだスミノフ、今の僕は……あの時の二倍は強いよ？」

「ああ、差は大分とあるだろうな」

と、スミノフさんは剣を抜くと同時、一瞬で剣士との間合いを詰めた。

「なっ⁉　瞬間移動スキル──⁉」

反応できずに、ただただ剣士の男の人は大きく目を見開いた。

「差は随分とあるが──俺のが強いって意味だっ！」

そのままスミノフさんは剣を振り下ろして──

――ポトリ

男の剣が根元から切れて、そのまま地面へと刃が落下していく。

「馬鹿……な⁉」

彼我《ひが》の戦力差は明確だった。

剣の撃ち合いどころか、相手に何もさせずに武器を斬っちゃったんだもんね。

で、スミノフさんは剣を持つ右手じゃなくて、左手の拳で剣士の人のお腹にパンチした。

「ゴブファッ！」

「ちなみに今のは瞬間移動や神速系のスキルじゃなくて、ただの自前の高速移動だ」

そして、剣士の人は悶絶しながら崩れ落ちて、泡を吹いて気絶してしまった。

★☆★☆★☆★☆★

と、そんなこんなで――。

剣士の人と戦猫耳族《ワーキャット》の女の人を縛った後、スミノフさんは小さく頷いた。

「やはりだ……やっぱりだぜヒロの旦那！　アンタすげえよ！」

「ど、どういうことなんですか？　スミノフさん？」

「俺たちはめちゃくちゃ強くなっている」

ですよねー。と、僕は頷いた。

まあ、神の声も色々と言ってたもんね。

「俺だけじゃなくて、アメリアも……恐らくは子分たちもだ。ひょっとすると……いや、間違いなくヒロの旦那は――」

と、そこで僕たちの周囲が暗くなった。

っていうか、急に曇ってきたような感じの視界になった。

何事かと上を見てみると、そこには金色に輝く古代龍さんの姿があった。

つまりは上空の古代龍さんが太陽の光を遮っているという状況なんだけど……。

それで古代龍さんを見たスミノフさんが、大口をあんぐりと開けてポツリと呟いた。

「何だありゃ？」

スミノフさんの視線の先の古代龍さんは、自身と同じくらいのサイズの――漆黒の黒龍を咥えていたんだ。

そして、それを見たアメリアの顔色が瞬時に変わった。

彼女は体を震わせて、掠れるような声でこう言った。

「それは……暗黒龍の死骸……ですか？　ひょっとして……古代龍様……が……やったのですか？」

そのまま古代龍さんは地面に降りてきて、ズシンという重低音と共に暗黒龍がその場に転がった。

「うむ。狩りにいっておったからの。それで……体の調子が良すぎたので長年の仇敵である黒龍を退治してきたのじゃ」

「いや、厄災の黒龍と言えば古代龍様よりも更に強力で……大厄災とも呼ばれる……超有名な悪龍ですよね!?」

「なんせ――みなぎっておったからの！　無傷で始末できたわっ！」

「古代龍様も……みなぎっていらっしゃる……強く……なっている？」

そこでスミノフさんが大きく頷き、確信めいた表情と共に僕に声をかけてきた。

「ヒロの旦那。アンタ……間違いなく軍団指揮スキルを持ってやがんな？」

「軍団指揮スキルっていうと、つまり……あれですよね？」

「ああ、自分の勢力圏にある戦力を強化するスキルだよ。しかも……旦那のこれは古今東西に例を見ないレベルのやつだぜ？」

この世界の僕の家系には、そんなスキルがあるって話だよね。

でも、神託の時にはそんなことは言われてないし、これも文字化けスキルの影響なんだろうか。

まあ、ここまで色んな現象を見たからには……そう納得するしかない。

「ともかく――」と古代龍さんはそこで翼を広げた。

「またすぐに会いに来るのじゃ。その時は……またショウガヤキを食わせるのじゃぞ！」

その時、ポトリと僕の眼前にキラキラ光る掌サイズの塊が落ちてきた。

「これは……ガラス？」

古代龍さんの背中あたりから落ちてきたであろう、その破片を手に取ってみる。

うん、土や砂が付着しているけど、やっぱり間違いなくガラスだ。

「ああ、それか……ブレス吐きまくって地面ゴロゴロの肉弾バトルをやると、たまに体につくんじゃなソレ」

つまりは、ケイ素を含んだ砂を龍のブレスで熱して、偶然的にガラスが出来たってことなのかな？

と、僕は《近眼だ》というアメリアに一瞬だけ目を向けて、古代龍さんにこう尋ねた。

「あの……これ貰えますか？」

「ん？　別に構わんが？　ともかく我は龍の巣に黒龍討伐の一報を届けねばならん！　ふふ……巣の連中も大喜びじゃぞ！　こやつは札付きのワルでみんな困っておったからの！」

そんなセリフと共に、古代龍さんは大きく翼を広げて、空へと飛び去ってしまった。

「ヒロの旦那。なんかドラゴンの旦那……妙に嬉しそうだったな」

「ええスミノフさん。そもそも何しに来たか分からないですし……ひょっとすると討伐の自慢をしにきただけなのかもしれません」

「はは、子供みたいな古代龍だな」

「ところでスミノフさん？　あの裏ギルドの人たちはどうするんですか？」

「ん？　どういうことだ、ヒロの旦那？」

「いや、縛って無力化してますけど……その後の話ですよ。まさか殺すわけにはいかないし、かといって縛ったままというわけにもいかないし……戒めを解いたらまた僕たちは狙われるのでは？」

そう尋ねると「何言ってんだコイツ？」みたいな表情で不思議そうに小首を傾げられてしまった。

「それは問題ないと思うぜ？　だって見てみなよ……ヒロの旦那」

「え？」

言われるがままに二人を見てみると、「ヒッ！」と声をあげて、僕は二人にまるで化け物を見るような目で見られてしまった。

「おい、テメエ等！　テメエ等はもう俺たちには歯向かわねえわな？」

凄んだ様子でスミノフさんが睨みつける。

すると、ブンブンと物凄い勢いで二人は頭を上下に振り始めた。

「ま、見ての通りに損得で動くあの連中が、ヒロの旦那に手を出すことはありえない。なんせ黒龍といえば……国の騎士団総出でどうこうするような戦力だ。つまりそんな黒龍を倒す古代龍と盟友関係を結んでいるヒロの旦那は――」

と、大きく頷いてからスミノフさんはこう言葉を続けた。

「既に一国に匹敵しうる軍事力を持っているわけだ」

一方その頃――。
ローズウェル家本宅にて

サイド：オリバー＝ローズウェル

ノックもせずに、開かれる執務室のドア。

そのまま無言で私に詰め寄ってきたローブの女は、開口一番こう言った。

「ヒロちゃんを廃嫡《はいちゃく》したと聞いたのだけれど？　どういうことかしらローズウェル卿」

あまりの無作法に、閉口しながら私は溜息をついた。

「あくまでも貴様は一代限りの名誉伯爵に過ぎん。分をわきまえよ……大賢者リリアンよ」

「爵位は額面通りに受け取れと、陛下はおっしゃっているわ」

「フン……陛下のお気に入りか何かは知らんが、代々の名家である我らと同格ヅラをするでない。私は由緒正しき神盾騎士団の長なのだぞ？」

「あら、その騎士団が半壊したところを助けたのは誰だったかしら？」

賢者と言えば聞こえは良いが、元々この女は大森林の魔女と呼ばれておったような女だ。

肩をはだけた魔術師のローブに身を包み、青みがかった黒の長髪。

見た目は二十代後半から三十代に差し掛かった辺りで、妖艶という言葉が似つかわしいくらいに美しい。

が、実年齢は二百とも五百とも言われている。

しかし、厄災を倒した程度で名誉伯爵の称号を与えるとは……。

今代の陛下は本当にどうかしているとしか思えない。

「ともかく、ヒロちゃんを追い出しちゃったってのは本当なの？」

「事実だ。そして貴様に文句を言われる筋合いもない」

リリアンは「やれやれ」と肩をすくめて、嘲るように私に向けてこう吐き捨てた。

「ローズウェル卿？　貴方……必ず……後悔するわよ？　だって、長く生きる私ですら……あんな子見たのは初めてなのですもの」

「長き守護盾の家系であんな無能が生まれたという話をこそ、私は聞いたことが無い。冗談は休み休み言うんだな、リリアン」

と、私とリリアンが睨みあっている時、コンコンと執務室にノックの音が鳴った。

「入れ」

すると長身の男がドアを開き、困ったような声でこう言ってきたのだ。

「ありゃ、これはお取り込み中でしたか。出直しましょうか？」

「いや、構わんぞハリー。勝手にこの女が入ってきただけだ。おい、メイド！　オールストン商会のハリーがやってきたぞ！」

痩せ型の茶髪。いかにも仕事ができそうな自信に満ち溢れた眼差しを持った男だ。

金持ちの癖に、実用性重視の服装をしているあたりが商人気質といったところか。

メイドに命じて私とハリーの分の茶を用意させる。

無論、リリアンに茶などは出してやらぬ。

そうしてリリアンを無視する形で、私は応接ソファーに座った。

「しかし、何の用事だハリー。支払いの期日までは一年と二か月もあるだろう？」

「本来であれば二か月後です。そこをジャンプして支払いを延ばせという話について、ちょっと小言を……ね」

リリアンもハリーも貴族ではなく下賤の出身だ。

無論、本来であれば二人とも私と口をきくことすらできぬ連中なのだが、さすがの私もハリーを邪険にすることはできない。

と、いうのもハリーの商会とは先祖代々の付き合いで、何かと要りようの時には金銭を融通してもらっているのだ。

まあ、ここ十年の異常な豊作で、当家の収支は大幅な黒字であり、かねての借金も半分以上は返済しているのだがな。

「契約上、利息を倍額支払えば一年の延長は認められているはずだが？」

「そうなのですがローズウェル卿……。ここ十年、少し浪費が過ぎたかもしれませんな」

「ん？　確かに当家はかなり金遣いは荒くなったが問題ないぞ？　実際に貴様のところにも返済の繰り上げまで行っているではないか」

「とはいえ収支改善分のかなりの部分……贅沢で無駄遣いしているでしょう？　やろうと思えば節制して、ウチも含めて各種の借金をこれまでに全部返済できたはずです」

「それはそうだが、領民からの税金で贅沢をして何が悪い？」

「……今回の支払い延期の原因の干ばつですよ」

「ああ、今年は収穫が減るという話だな。だからこそ、今回は待てという話だ。そもそもが不作を考慮してそういう契約になっているわけでな」

「しかし本当に干ばつだけが原因なのでしょうかね？　そういうわけで、今後のお支払いの関係は大丈夫なのかと思いましてね」

「何を言っているのだ貴様は。十三年前、当家に訪れた奇跡を知らんのか？」

「……農地の祝福ですよね？　百年の間、農作物の育つスピードが二倍になるという奇跡って話ですが」

「日照りが今後九十年の間続くなら話は別だがな。それが故、貴様のところがとりっぱぐれることはないさ。案ずることは何もないのだ」

ガハハと私が笑ったところで、ハリーは再度、深い溜息をついた。

「いやね、利息も貰えるし最終的に返ってくるならそれで良いんですよ。でも、しかし、商売柄……いや、家系のせいかな」

スンスンとハリーは鼻を鳴らし、肩をすくめた。

「こういう……何て言うんですかね？　危険な匂いには敏感なもんで……ね」

「はっ、危険な匂いだと？　馬鹿も休み休み言え」

「杞憂なら問題ないんですけどねえ……。普通なら農地が祝福されれば減税なのですが、この家は逆に重税にしてるでしょ？　農民の不満も凄いんですよ」

「農民は貴族の奴隷だ。搾り取って何が悪い」

「とはいえ、領民の移動が止められてるわけでもない。人口流出やら反乱やら……本当に心配なんですよこっちはね。今の内から言っときますけど、ウチの証文の立会人はルガール公爵家ですからね？　高い手数料払って立ち会ってもらってますし、権力でのゴリ押しは通じませんよ？」

「そういう言葉は来年以降に支払いが滞ってから言うんだな」

と、そこでドアの方からリリアンの「クスクス」という笑い声が聞こえてきた。

見ると、彼女は後ろに手を振りながら部屋から出ていくところだった。

「それじゃあね。破滅の入口に立ってるってこと……最後だから教えてあげるわ」

バフ関連まとめ

★ローズウェル家
・【豊穣小神セネーの微笑み】　栽培成長速度1・1倍
・【風と大地の恵み】　栽培成長速度1・1倍
合計：1・21倍
※領民忠誠度：反乱寸前

★ヒロ
・【八百万の神の豊穣】　栽培成長速度2倍
・【豊穣小神セネーの微笑み】　栽培成長速度1・1倍
・【風と大地の恵み】　栽培成長速度1・1倍
合計：2・42倍

軍団指揮関係スキルバフまとめ

★ローズウェル家
・部下HP
2・16倍＝1・2（巨人の血脈）×1・2（龍の加護）×1・5（神龍の加護）
・部下攻撃力
2倍（運命をつむぐ勝利の剣）

★ヒロ
・部下ステータス倍率
8倍＝2（軍団指揮）×2（領地運営）×2（城門堅固）
・部下HP
14・4倍＝1・2（龍の加護）×1・5（神龍の加護）×8（ステータス倍率）

その他、ヒロのバフ関係まとめ

★ステータス倍率（右記補正に更に掛け算）

8倍＝2（超人）×2（軍団指揮）×2（領地運営）

★各種詳細倍率
・HP倍率
432倍＝3（巨神タイタンの加護）×2（城門堅固）×5（むしろ貴方が巨神自身）×1・2（龍の加護）×1・5（神龍の加護）×8（ステータス倍率）
・魔法攻撃耐性倍率
96倍＝2（各種基本耐性）×3（賢者：無我の境地）×2（百識）×8（ステータス倍率）
・核熱攻撃耐性
288倍＝96（魔法攻撃耐性倍率）×1・5（古代の叡智）×2（神々の禁忌：量子力学の真理）
・物理耐性
240倍＝3（明鏡止水）×2（質実剛健）×5（むしろ貴方が巨神自身）×8（ステータ

ス倍率）
・回復魔法倍率
128倍＝4（ナイチンゲール）×4（癒しの御手）×8（ステータス倍率）

★その他
・八百万の神の豊穣
美味しい野菜を通常の半分の期間で作れます。（領地バフ）
・ネクロマンサーの秘術
アンデッドと会話ができるようになります。（交渉スキル）
・百獣王の一喝
森のみんなと仲良くなれます。（交渉スキル）
・無病息災
自身及び配下の健康が促進されます。（耐性及び薬学スキル）

・イージスの盾
自身及び配下に対するデバフが無効になります。

領主の屋敷はオンボロでしたが、龍の子供は可愛かったという話

サイド：ヒロ＝ローズウェル

と、そんなこんなで――。

僕たちはスミノフさんたちとは一旦別れて、別行動になった。

「ねえヒロさん？　合流までに一か月って……どういう事情があるんでしょうか？」

「まあ、あの人たちにも色々あるんだと思うよ」

当たり前の話だけど、彼らにもそれまでの生活基盤がある。

なので、いきなり僕について来るというわけにもいかない。

例えば、奪った金品を売り払ったりするルートに話を通したり、何やかんやで色々とあるということなんだろう。

で、スミノフさんたちと別れて、僕たちは山道を数時間歩いたわけだ。

「ようやくついたみたいだね。あれが僕の屋敷だろう」

ともかく――。

色々あったけど、どうにかこうにか僕は領主の屋敷に到着した。

「しかし……こんなことを言っては失礼かもですが……」

屋敷を見て、アメリアは露骨に顔をしかめる。

「いや、僕もアメリアと同じ気持ちだ。まあ……あれを見るとそういう感想しか出てこないよね」

つまりは、屋敷は超ド級のオンボロだったのだ。

ありがたいことに、屋敷そのものは広かった。

が、尖塔が印象的な、二階建ての屋敷の外面には至る所にコケとツタが絡み付き、裏庭も草木が生い茂ってエラいことになっている。

更に言えば、百年以上も前に建てられたものなので、老朽化で一部が朽ち果てているような有様だったんだ。

内装もボロボロで、床も踏み抜くんじゃないかというレベル。

けれど、地下にたくさん部屋があって、そこなら補修と掃除をすれば何とか住むことができそうな感じだったんだよね。

元々は倉庫や物置なんかに使用されていたようで、もちろん地下だけあって頑丈に作られている。

まあ、そこは落盤とかしちゃったら大変だもんね。

しかし、何でこんなところにポツンと屋敷が……とか、そんなことは思うけれど、まずは住めるようにしないといけないね。

★☆★☆★☆★☆★

と、そんなこんなで補修と掃除の合間の小休止中。

領主の部屋に予定している場所で僕とアメリアはお茶を飲んでいたんだけど――

「しかし……困った。まさか村の一つもないとは」

「本当に……ヒロさんは酷い扱いで追い出されたようですね」

いや、半ば見捨てられた土地だっていうのは聞いていたんだけどさ。

領主の屋敷があるという話だから、城下町とは言わないまでも……ちょっとした村に屋敷が建っている程度の状況ではあるだろうと思い込んでいたんだよね。

けど、実際には屋敷の周囲は完全に森の状態で、人の気配は全くしない。

「いや、そういう風に思っちゃいけないよ」

「それはどうしてでしょうか？」

「恨みの感情からは何も生まれないし、何よりも僕自身が嫌な気分になるからね。そもそもこの世界での生みの親だし、彼を否定しても何も始まらないのは間違いない」

「でも、領地運営どころではないような感じですけど？」

アメリアの言葉通りに使用人もいなければ、そもそも村や町どころか人がいない。

生活物資や食料供給すらも難しいのが現状なわけで、僕としても前途に不安があるのは事実だ。

「ところでアメリア、そろそろ聞かせてもらいたいんだけど、どうしてミノタウロスに追われていたんだい？」

と、そうして僕はアメリアに、今までずっと気になっていたミノタウロスに追われていた理由を尋ねてみたのだった。

「隠していることでもありませんし……まあ、休憩がてらお話ししましょうか」

★☆★☆★☆★☆★

結論からいうと、アメリアの妹が無理やりに結婚させられそうになっていて、それを助けたいというのが理由だったらしい。

曰く、戦猫耳族《ワーキャット》の里は、究極の脳筋スタイルの村で、強い者が正義という文化らしい。

そこで毎年、里で開かれる武芸大会で家の格付けが行われて、強者に弱者が搾取されるスタイルが確立されているということだね。

で、アメリアの家は早くに両親が流行り病で亡くなってしまった。

そりゃあもちろん色々と大変だったんだけど、そこは弓の名手のアメリアがいたので理不尽な境遇に置かれることはなかった。

けれど、ここ二年ほどでアメリアが近視になってしまった影響で……格付けも最低になって半奴隷のような生活が始まったと。

それで何やかんやあって、村一番の美人であるアメリアの妹が村一番の強者のお嫁さんになる予定――そういう無茶なことが起きているらしい。

「それって無茶苦茶な話じゃない？」

「戦猫耳族《ワーキャット》は戦士の一族です。力無き者は強者に奉仕するのが習わしなので……」

この辺りの感覚は僕には全く理解できない。

だけど、現状はそういうルールがまかり通っているということで間違いないようだ。

「それで、どうしてアメリアはミノタウロスの守る神殿に向かったんだい？」

「要は今から一か月ほど先に開催される武芸大会で、私たちの家の力を見せれば良いのです。そうすれば虐げられない権利を勝ち取ることもできますから」

「……権利か。それは生まれながらに持っているべきものなんだけどね」

「本当におかしなことをおっしゃるのですね」

「まあ良いや、それでどうして神殿に？」

「私の弓の技術は……自慢ではありませんが、近眼さえ克服できれば里で一番です。そして、神殿に奉納されているアルテミスの弓とは、不思議な力が込められたアーティファクトなのですよ」

「アーティファクト？」

「豚肉を保存していた箱もそうなのですが、古代文明の遺跡から取れる希少なアイテムです。アルテミスの弓の場合は、使用者にスキル【千里眼】を与えます。聞くところによると千メートルの先までも、すぐそこにあるように見通せるようになるのだとか」

「……なるほどね。それで盗みに入ったと？」

「ああ、そういうことではないのです。里の者であれば「取れるものなら取ってみろ」という、そういう理屈でいつでも取りに行って良いですし、時期が時期なら里長選定の儀式にも使われます。ただし、もちろん命がけにはなりますが」

「ところで、取ってきたアルテミスの弓の所有権ってどうなるの？」

「神殿は聖地で、アルテミスの弓は神器。あくまでも神様から一時的にお貸しいただくという扱いです。なので、その方が寿命などで死亡した場合は、元の場所に戻されることになります。

取りに行くときは神器をお貸しいただく適格者選定なので一人という条件になるのですが、戻す時は村の強者総出での一大イベントとなります」

「で、アメリアは取りに行って返り討ちにあったと？」

「そういうことですね。俊敏性であれば自信があるのであわよくば……と思ったのですが、どうにも上手くいかずに……」

と、そこで僕はお茶を一口すすってからアメリアに問いかけてみた。

「古代龍さんやスミノフさんにお願いすれば、アルテミスの弓を取りに行くことも……できないことはないんじゃない？」

「確かに……」と、アメリアはそう呟いて遠い目で天井を見上げた。

「それはそうかもしれないのですが、それで私の力を示すことになるのでしょうか？　それだと結局は誰かの力をお借りすることになるわけで」

「真面目だなあ……」

さて、即興で考えたプランAは破棄だね。

と、なると……プランBで行こうか。

「明日の朝にでも、渡したいものがあるんだ」

「渡したい……モノ？」

そう言って、アメリアは小首を傾げたのだった。

★☆★☆★☆★☆★

翌日の朝――。

僕は徹夜明けで若干フラフラだったけど、何とか目途もついたので、地下の一室にアメリアを招待した。

すると、開口一番彼女はこう尋ねてきたんだ。

「ここは昨日の夜にヒロさんが詰めていた部屋ですよね？」

「ああ、ここを領主執務室にしたんだ。まだ作業部屋としてしか使ってないけどね」

「それで……渡したいものとは？」

と、僕は部屋の棚に置いていた《作りかけの眼鏡》を手に取った。

ちなみに、僕はネットで、お小遣い稼ぎにハンドメイド作品を売っていたことがある程度には器用なんだよ。

まあ、不格好だけど紙と枝と接着剤の細工で、フレームだけは何とか仕上げることもできている。

「これは……？」

「眼鏡だよ。まだ未完成だけど、目が良く見えるようになる道具だ」

「メ……ガ……ネ？　それで……目が見えるようになるのですか？」

この世界では眼鏡がまだ開発されていない。

なのでアメリアが「何のこっちゃ」という顔をするのも無理は無いだろう。

「うん、僕の知っている通りの眼鏡が完成すれば大丈夫なはずだよ」

「……ヒロさんは嘘をつく人ではないように見えます。本当なのですか？　あ、でも未完成という話ですよね？」

期待と不安の入り混じったような表情だった。

まあ、半信半疑というのが、今の彼女の頭の中だろうね。

「ああ、ちょっとした問題が生じたんだ。ガラスが手に入ったから眼鏡を作れるかも……と思ったんだけど」

「……と、おっしゃいますと？」

「眼鏡を作るには、薄くガラスを研磨する必要があるんだ。けど、生憎と僕にはその方法が分からなかった。材料も分からないし器具もどんなモノを使えば良いか分からない」

「……で、結局……できなかったと？」

明らかな落胆と共にアメリアは肩を落とした。

まあ、そんな簡単にレンズの生産なんて素人にできるはずもないよね。

ガラスの加工はさすがに、ハンドメイドの小物作りでもやったことないし。

「いや、何とかなると思う」

「え？」

実際問題、僕は眼鏡職人でもガラスを削る職人さんでもない。

なので、そんなに簡単に眼鏡なんて作れるわけもない。

じゃあ、どうするか？


——この世界で身に付けた、魔法の力を使えばイケる

ま、一応は貴族として、魔術の一通りの英才教育も受けているしね。

本職には及ばないまでも、僕にだって生活魔法に毛が生えた程度のことはできるんだ。

「ってことで、こういう方法でレンズを作ってみたんだ」

レンズの材料っていうのは、実はガラスでもプラスチックでも何でも良い。

とにかく透明で固いものを研磨して凹レンズを作るって話で、ガラスの加工が難しいってだけなんだ。

なので、僕は自分の顔に眼鏡のフレームをかけて、魔法を発動させてみた。

「これは……氷結魔法?」

「うん。まずは大気中の水分を集めてフレームに薄い氷を張るんだ。それが第一段階」

「……それで?」

「氷の分解と再構築だ。目のこちら側の表面の氷を加工して……少しずつ……本当に少しずつ溶かしたり再氷結させたり、けれど透明度は絶対に失わないように気をつけながら……滑らかなカーブを描いて、薄く削るように調整していく」

実は、僕も生活に支障が無いレベルの近眼である。

なので、昨日の内に自分で氷の眼鏡は試していて、実験も成功しているんだよね。

この発想は、ガラスの加工を諦めた時に、テレビの科学実験教室を思い出したことにある。

氷で作った虫眼鏡で発火みたいなことができるのは知っているし、氷がレンズとして使えるんじゃないか……ってね。

まあ、その発想はドンピシャだったわけだ。

後は氷を物理的にでも魔術的にでも削って、凹レンズを完成させればいい。

度数の調整は自分で見ながらやれば、時間はかかるけど何とかなる。

「氷だから長持ちはしないけれど、弓で的を狙う間くらいは持つはずだよ」

そう言って、僕の視力用に完成した眼鏡をアメリアに渡してみた。

度が違うからぴったりとは見えないはずだけど、それでも……視界が幾分かはマシになるのは間違いない。

「論より証拠ってね、これは僕の視力に合わせて調整した眼鏡だ。もちろん実際にはアメリア用に調整しないといけないんだけど……」

と、言われる通りに眼鏡をかけたアメリアは大きく目を見開いて――

――そしてそのまま涙を流し始めた
「……急にどうしたの？」

「見え……ます。遠いところはぼんやりとしてますけど……それでも近くなら……見え……ます。ヒロさんの顔がどういう風なのか……それも……分かり……ます」

え？　さっきまで僕たち一メートルも離れてなかったのに、まともに顔も見られてなかったの？

泣いちゃってるし、いやはやこれは本当に近眼で困ってたんだね。

「ありがとう……ありがとうございますっ！」

「別に礼を言われるようなことはしちゃいないよ」

「本当に変な人ですよね、ヒロさんは。これはどう考えてもお礼を言われることでしょう？」

いや、だってレンズの知識とかも別に僕が考えたことじゃないからね。

お礼を言うなら、地球の昔の偉い人にっていうのが筋だと思う。

「まあ、お礼を言われるべき人の代わりに……感謝の気持ちを受け取っておくよ」

「ふふ、本当に……おかしな人です！」

「ともかく、一度アメリア用にキッチリ調整してみよう。そうすれば今よりもハッキリと見えるはずだよ」

「はい！　あ、それと――ヒロさん？」

「ん？　何だい？」

アメリアは微かに頬を染めて、小さな声でボソッとこう言った。

「綺麗な顔……してたんですね」

まあ、この世界で産まれてからは、女の子みたいだねと良く言われる。

「それはどうもありがとう」

と、苦笑しながら僕は小さく頷いたのだった。

★☆★☆★☆★☆★

アメリアの頭は、凸レンズとか凹レンズとかの説明を始めた辺りでオーバーヒートした。

簡単な図解もしたんだけど、逆にそれが不味かった。

その結果、彼女は「ピントとか焦点とか水晶体」とかいう言葉に拒否反応を示すようになった。

いや、具体的にやることと言えば、眼鏡の目の側の氷を削るだけで簡単な作業なんだよ。けど、彼女は頭から「難しいので私の頭では無理」という固定観念に取りつかれてしまったんだよね。

なので、彼女が眼鏡をする時のレンズ製作は僕がやるという感じになっちゃったんだけど……。

と、それはさておきその日、眼鏡の調整を終えたアメリアは凄かった。

視力が完全な状態で弓の練習をしたんだけど、結果はバッチリ百点満点だったんだ。

何て言うか、戦国時代とかに出てくる弓の名将とかでも裸足で逃げ出すような……そんな百発百中な感じだった。

それもただ真ん中に当てるだけじゃなくて、矢継ぎ早という言葉の通りに目にも留まらない早業だったし、里一番の弓の名手というのも頷ける。

「これならイケます！　絶対イケます！」と、アメリアもおおはしゃぎだったしね。

で、その翌日の朝――。

朝ごはんを食べた僕たちは、色んな作業に入る前に地下の領主執務室でお茶を飲んでいた。

「これからアメリアはどうするの？」

「可能であれば、しばらくここに寝泊りさせてください。里に戻っても良いんですが……武芸大会は一か月後の話ですし、ヒロさんも引っ越してきたばかりで人手は必要でしょう？」

「そりゃあ、君が手伝ってくれるなら大歓迎だけどさ」

「ええ、掃除でも食料調達でも買い出しでも、何でもやりますよ。ささやかなお礼です」

「お礼とかは気にしなくても良いんだけど、まあそうだね……それじゃあ差し当たっては燻製を作ろうか」

「はい。確かに生ものですから……すぐにとりかかった方が良いでしょう」

と、いうのも実は昨日、古代龍さんが来てたんだよね。

アメリアの眼鏡関連が終わったあたりのことだったんだけど、猪肉持って遊びに来てくれたんだ。

――なので、大量に猪肉が余っている。

お肉自体は物凄く美味しかったんだけど、丸々一頭分なわけだしね。

腐らせたら大変だし、今日は丸一日かけて猪肉で保存食を作る必要がある。

で、アメリアが今日帰っちゃう可能性もあったので、お手伝いしてくれるという申し出は素直にありがたいことである。

「じゃあ、始めようか」

お茶を飲み終えて、僕たちは地下から出て食器を井戸で洗った。

そのまま、既に仕込みを終えている大量の猪肉の前に向かったんだけど――

「さて……」

まずは作業工程の確認だね。

昨日の晩にやったことは、まずは肉を適当な大きさにスライスするってことだ。

それで、塩と醬油、そしてハーブをベースとした調味液を作って漬け込む。

で、しばらくしてから、調味液から取り出して風当たりの良い場所に吊るして肉を乾燥させる。

モノが腐るっていうのは基本的に水分が影響しているわけで、乾燥させるのは保存食製造に共通する最も大切な工程の一つでもある。

と、まあここまでが既に昨日の晩にやっていたこととなる。

「しかし燻製も自分でできるんですね。本当にヒロさんは何でもできて凄いです。料理から眼鏡から……燻製まで……」

「何でもできるなんて、そんな大げさなものではないけどさ」

山歩きでの山菜取りと、食べ物の自作。

それはただお金が無かったってだけの話で、実益を兼ねた作業が結果的に僕の趣味になったってことだね。

例えば、僕はスープからラーメンも作れるんだけど、それはスーパーで買ってきたお肉についていた……骨がもったいないから中華スープを作ってみたってのが始まりだし。

僕ができるのはそんな程度のことだけだし、本当に大したことなんて何もない。

「乾燥させたサクラのチップもあるし、煙で燻《いぶ》そうか」

「サクラチップ？　燻製に使うなんて聞いたことないですが……ヒロさんが言うなら理由があるんでしょうね。でも、そんなものを……いつの間に用意していたんです？」

「桜の樹は屋敷に到着した初日に確認してるし、絶対に使うと思ったからその日の内だよ」

「到着するや否や、掃除と補修に並行して眼鏡も作っていたり、サクラチップも用意していたり……働き者なんですね、ヒロさんは」

「貧乏暇なしって奴だね」

「あら、お貴族様なのに？」

その言葉で僕とアメリアは「あはは」と笑ったのだった。

★☆★☆★☆★☆★

と、まあそんなこんなで——。

煙も落ち着いてしばらくして、燻製肉の美味しそうな香りが微かに混じり始めた。

で、庭に即席で作ったデッキチェアに座りながら、僕たちはお茶を淹れて一段落していた。

春の昼下がりの陽気。

空には所々のおぼろ雲——穏やかな陽だまりの中で、そよぐ風が心地良い。

この世界で産まれてからは常に監視や護衛の目があったわけで。

よく考えれば、自然の中で、のびのびとゆっくりするなんて久しぶりな気がする。

「さて、味見をしようか」

そう言うとアメリアは「待ってました」とばかりに、猫耳と尻尾をピンと立たせて分かりやすく喜びを表現してくれた。

で、煙で燻した肉を焼くと、ジュワジュワと脂がしたたり落ちたりなんかしちゃったわけだ。

もちろん、燻製だけに香りも半端なく良い。

焼きあがるまでに「あ、これ絶対美味しいやつ」と、僕もアメリアも頬を緩めて、思わずヨダレがこぼれそうになっちゃったりして……。

「ヒロさん、赤ワイン開けても良いですよね？」

「スミノフさんに貰った赤ワインの在庫は少ないけど、やむをえないだろう」

いや、こんな美味しそうなお肉があるのに、お酒無しっていうのは……むしろ食材に失礼だよね。

まあ、作業もまだ色々とあるし、本当に味見程度の予定だけどさ。

ちなみに、この世界では十三歳から飲酒はオッケーなので、アメリアも普通にお酒は嗜《たしな》むようだ。

で、赤ワインのグラスを片手に燻製肉にかぶりつくと——

「「美味しい！」」

僕とアメリアは同時に声をあげる。

まず舌の上に感じるのは甘い脂。

そして鼻腔をくすぐるサクラチップの芳醇な香り。

最後に来るのが調味液のしょっぱさで……とにかく美味い！

で、口の中に燻製肉が残っているのを、赤ワインで——流し込む！


「「くぅーーっ！」」


ええと、何というかな。

夏場に疲れた仕事明けにリビングでビールを注ぎ込んだ時のような……まさにそんな染み入る「くぅーーーっ！」っていう感じだね。

もう、気分は完全に野外キャンプのバーベキューとか、そんな感じになっちゃっている。

「ヒロさん！　これ凄いですよ！　この……調味液と……それとサクラチップですか⁉　燻製は私たちも作りますけど、こんな香り高い燻製は初めてです！」

「いや、古代龍さんの猪肉が良かったんだと思うよ。僕だってこんな燻製肉食べたことないし！」

実際問題、昨日、古代龍さんが獲ってきた猪肉は本当に美味しいんだよね。

鹿児島産の黒豚でもお目にかかれないほどの凄い豚肉……そう言えば、ニュアンスはいくらか伝わるだろうか？

とにかく脂が甘くて、噛めば噛むほどに味が出る。

そして、燻製にすると更に旨味が凝縮されるわけで。

いやはや、これは本当に凄いという感想しか出てこないよね。

「いやいやヒロさんの調理法だと思いますよ。もうこんな味付けの燻製肉を食べたら……他の燻製は食べられませんもの！」

大袈裟だよと苦笑しながら、僕はアメリアに小さく頭を下げた。

「ともかくありがとうアメリア。おかげで作業も順調で助かったよ」

「いえ、私の方が何から何までお世話になってますよ。本当に小さなお返しですが、当たり前のことをしただけなので……礼には及びません」

と、その時――。

地下室の方で、バリバリバリと轟音が起きた。

「何の音でしょうか⁉　爆音でしたが⁉」

「分からないよ！　とにかく地下に向かおう！」

慌てて僕とアメリアが地下に戻ると、どうも僕の寝室の方から音が聞こえてくる。

確かあそこには……と、アメリアと僕は顔を見合わせた。

「神龍公の卵を置いてある部屋だよね？」

「ええ、何かが起きているようですが……」

はたして、寝室のドアを開くと、そこには壊れたソファーと全裸の幼女が立っていた。

卵はソファーの上に置いていたし、孵化の衝撃か何かで崩れたであろうことは想像に難くない。


――でも……金髪の幼女だって？


幼女は寝ぼけマナコのぼんやりとした表情だ。

焦点も定まらぬままにその場に立ちすくんでいる。

見た目的には年齢は五……六歳ってところか。それで、腰までの絹のような金髪と真っ赤に

染まった真ん丸な瞳。

ご丁寧なことに卵が割れているし……なので、やはりこれはそういうことで間違いないんだろうとは思う。

でも、幼女なのはおかしいよね？

だって、どこからどう見ても人間の女の子なんだよ？

ドラゴンの幼体と、目の前の幼女に関連性が無さすぎて——再度、僕とアメリアは顔を見合わせた。

「……アメリア……？　これはどういうこと？」

「そういえば神龍公はドラゴニュートだったという説もありますね。戦う際に龍化する方法を身に付けた特殊なドラゴニュートだったとか」

ドラゴニュート？

あ、そう言われてみれば、さっきまで髪で隠れていたけど耳がちょっと爬虫類のソレっぽいな。

それに肩の一部にはわずかにウロコっぽいものも見える。

「つまり……そういうこと？」

「ええ、恐らくは」

と、そこで夢遊病患者のように、ぼんやりとした感じで立っていた少女は周囲を見回し始めた。

そのまま僕とアメリアを視認するや否や大きく目を見開いて、ここで一気に意識の覚醒レベルが上がったようだ。

そして彼女は僕とアメリアを見て、小さな声でこう尋ねてきた。

「ぱぱ？　まま？」

「……え？」

「……え？」

僕とアメリアは顔を見合わせる。

そして、金髪の幼女はニカリと笑みを浮かべ、今度はハッキリとした口調でこう言った。

「ぱぱー！　ままー！」

そうして金髪の幼女はアメリアのところに走っていき、ひとしきり抱きしめた後に今度は僕の胸にダイブしてきた。

突然の状況に対応できない僕は、幼女を抱き留めながら「あわわ」とばかりにアメリアに視線を送った。

「こ、これはどういうことなんだいアメリア？」

「仮説ですが、よろしいでしょうか？」

「うん、聞かせてくれ」

「卵から産まれた鳥は初めて見た生物を親だと思うと、そういう話があります。しかもこの娘は、龍使いとしてのヒロさんと魂のレベルでつながっているという話ですし……」

その言葉を聞いて僕はしばし黙り込んだ。

いや、分かる。

言っている理屈はすごく良く分かるんだけど、気持ちの上で心が全く追いつかない。

そして、頭が爆発しそうになりながら、僕は思った。つまりは——


——どうしてこうなった……と。

サイド：アメリア

神龍といえば、金色に輝く。それが各種伝説での定番です。

綺麗な金髪だったこともあって、その子はゴールドという言葉をもじってゴルちゃんという名前になりました。

その日はそれからが大変でした。

服を作ったり、トイレの場所を教えたりと忙しい一日となったのです。

それで、ゴルちゃんの服を作っているときに驚いたのですが、ヒロさんって裁縫もできるんですよね。

その昔、趣味と実益を兼ねてハンドメイドの小物を作ってどこかで売っていたという経験があるということで……。

ちなみに縫物は私よりも上手かったです。

いや、あの人は本当に何でもできるんですねと苦笑いするしかありません。

でも、やっぱり貴族出身なのにどうして小物を自作して売ったりする必要があるのだろうと思いました。

が、まあ、あの人もワケありのようなので色々とあるのだと思います。

話を戻しましょう。

実は見た目六歳のゴルちゃんですが知能もそれくらいはあるらしいです。

客間の一室を自分の部屋として与えると「やったー！」と喜んでいましたし、喜怒哀楽の表現も天真爛漫にしてくれるので可愛いですね。

赤ちゃんということで、最悪の場合は食事の介助からオムツから全部やらなくては……と。

そんな風にヒロさんも私も思っていたのですが、そこまで手がかからないようでそこは一安心です。

と、それはさておき――。

寝泊りに使うように言われた自分の部屋のベッドの中で……今、私は何とも言えない感情に包まれています。

と、いうのも、今日だけでゴルちゃんに「ママ」と百回以上は言われているわけで、ヒロさんも同じくらいの回数をパパと呼ばれています。

で、私としても……パパとかママとか言われたら――


「何だか、変に意識してモヤモヤしちゃいます」


と、そこで私は、自身の顔が火照《ほて》っていることに気づきました。

これは恐らく……いや、間違いなく頬も真っ赤になっていることでしょう。

「これってやっぱり……そういうことなのでしょうか……？」

よりによって、生まれて初めての感情を……年下の人間相手に？

いや、でもあの人は変に大人びているところもありますし、それに……馬鹿が付くほどのお人好しのようですし。

今まで里で聞いていたような欲深い人間の特性からは、あまりにもかけ離れている感じがします。

「でも、まだ……そういうことだと決めつけるのは早いですよね」

けれど、妙に心臓がドキドキして落ち着きません。

古代龍様ではないけれど、これは生活習慣病の不整脈というセンも……まだ残されてはいるのです。

でも……と、私は溜息をつきました。


「やっぱりなんだか……モヤモヤします」


これは不味いことになったなぁ……。

自分の感情というものは、どうにも思うようにはコントロールできません。

と、お布団をかぶってベッドの中に潜り込んだのでした。

★☆★☆★☆★☆★

執務室で僕は一人、溜息をついていた。

「そろそろ買い出しに行かないといけないよね」


旅の出発から考えると、既にかれこれ二週間だ。実際、結構な時間も経っているし。

必然的に実家から色々と持ってきていた生活物資も尽きつつあった。

まずは先立つものは……と、僕は執務室で頭陀袋の中の荷物を広げて確認する。

手切れ金代わりだったと思うんだけど、ともかくお金は金貨十枚か。

ええと、確か金貨一枚が日本円で百万円くらいの価値だったか。

大金だし一人なら節制すれば五、六年は何とかなる感じで……まあ、ここは当面は問題ない。

「ただ……」と、僕はその場で再度深く溜息をついた。

知っている限り、人里まで歩いて百キロくらいはあるんだよね。

そう、ここが問題だ。

衣料品や簡単な生活物資の調達は買い出しで何とかなるとは思う。

でも、食料品のことを考えると気が重くなるなあ……。

例えば重さ三十キロくらいの小麦の袋を買ったとして、距離としては往復で二百キロなわけだ。

どうやって運ぶんだよっていう重さと距離だし、これは本当に困ったぞ。

屋敷の裏山から山菜を収穫するにしても、炭水化物の安定供給ができないと限界があるしね。それにお風呂場の石鹸もそろそろ使い切りそうだし……。これは元現代人としてはゆゆしき事態だ。

石鹸はこの世界では高級品で、かなり値もはる。そもそもからして、今ある石鹸も屋敷から持ってきたものだし。

だけど、やっぱり現代人の感覚で言うと、お風呂というか清潔感って大事だよね。

これがないと、さすがにちょっと……。

他にも生活物資で色々と欲しいものはでてきているし。例えば大工道具とか。

とりあえず、今日は朝からアメリアがスミノフさんのアジトに向かって色々と物資調達に行っているんだけどさ。

あそこは裏社会の商人が物流に絡んでたんだけど、それも山賊団の解散と同時に終わりって話だし……。

「領地運営以前に、買い物すら一苦労の状況ってのはやっぱ不味いよね……」

と、そんなことを考えながら地下から庭に出て、夕暮れの日差しが目に入ってきたところで——

「あそんであそんでー！」

ゴルちゃんが僕のところに走ってきたのだ。

と、そこで、頭の中でさっき考えていた石鹸とゴルちゃんの笑顔がつながった。

「せっかくだし、珍しいものを見せてあげるよ」

石鹸も無くなりそうなんだけど、まあここは仕方ない。

――子供の笑顔は何物にも代えられないしね
と、そんな感じで僕は「ほえ？」と小首を傾げているゴルちゃんの頭にポンと掌を置いたのだった。

★☆★☆★☆★☆★

空に浮かぶのは、色とりどりの虹色の球体だ。

夕暮れの日差しにキラキラと煌《きら》めいて、フワフワと浮かぶその様子。

それは知っている僕でも「綺麗だな」と感嘆の溜息をついてしまうものだった。

「ぱぱー、これすごーい！」

で、知らないゴルちゃんとしては、はわわーとばかりに目を白黒とさせてしまうのは無理は無いだろう。

「シャボン玉っていうんだよ」

クスッと笑ってゴルちゃんの頭をナデナデすると、彼女はニコニコと天真爛漫な笑みを咲かせた。

ちなみにストローは植物のツルを使って代用して、石鹸液は二種類作っているんだよね。

つまりは普通のやつと、砂糖入りのやつってこと。

実はシャボン玉って砂糖を入れると強度が上がって、滅茶苦茶割れにくくなるんだ。

地面についてから数秒割れなかったりするくらいなので、その効果は是非ともお試しあれというレベルに絶大だ。

「ぱぱー！　こんどのはわれない！　われないよー！」

「砂糖で粘性上げてるからね」

「ねんせいー？」

「理屈はもう少し大きくなってからね」

「すごーい！　ぱぱすごーい！　われるのつくったりわれないのつくったりまほうつかいさんみたーい！」

いや、ただの科学番組の受け売りなんだけどさ。

ともかく、喜んでくれているみたいで何よりだ。

「あははー！　あははー！　おもしろーい！」

そこでゴルちゃんが手足を動かし、「子供あるある」のシャボン玉破壊に興じ始めた。

と、その時、騒ぎを聞きつけてアメリアが僕の隣にやってきたんだ。

ん？　なんかアメリア……今日は一度も会ってなかったけど、なんだかいつもよりも髪を綺麗に整えているような気がするな。

っていうか、めかしこんでいるように見えなくもないけど、何かあったのかな？

「ヒロさんって本当に色んなことを知っているんですね。シャボン玉……とても綺麗で、とても凄いです」

「まあ、そんな大したことじゃないよ」

「いえ、大したことありますよ？　私の中でもヒロさんって……おとぎ話に出てくるような魔法使いにしか見えませんもん。昨日の燻製だって調味料とサクラチップでの香りづけで……あんな凄いことになるなんて」

「いやいや、だから大したことじゃないんだって」

「大したことです」

「……いや、だから……大したことじゃないって」

「だから、凄いんです」

な、何か……言葉と目に圧があるな。

言い合っても仕方ないので、僕は肩をすくめてこう言った。

「……そうですか」

「そうなのです。凄いのです」

エッヘンという形で、何故かアメリアが胸を張って誇らしげな様子だ。

なんか良く分からないけれど、押し切られてしまった形になっているね。まあ別に良いけど。

「でもさアメリア。なんか、本当に夫婦になったみたいだよね。そう思わない？」

「……え？」

「ん？　なんかさ……ゴルちゃんにパパとかママとか言われて、実際にこんなふうに遊んでるとそんな気になってこない？」

「……」

「……」

「……そうですね」

今の微妙な間《ま》は何だったんだろう。

っていうか、夕日のせいかな？

アメリアの顔が滅茶苦茶真っ赤に染まっている気がする。

「あの……ヒロさん？」

「ん？　何？」

「髪型……昨日とちょっと変えてみたんですけど、気づいてます？」

「うん、似合ってるよ」

そう言うとアメリアは照れ臭そうに、はにかんだ。

まあ、髪型を変えた女の子が……褒められたら嬉しいってのはどこでも共通しているんだろうね。

前世でのウチの妹が美容室に行ったりした直後、髪型を褒めたら妙に機嫌が良かったりしたし。

もちろん、これが好きな男の人からだったりしたら格別なんだろうけど、生憎とここには僕しかいない。

でも、せっかく色々とお洒落に気をつかっているみたいなので、もうちょっと褒めておこうかな。

「うん、本当に可愛いと思うよ。髪型もそうだけど、元々、アメリア自体が美人さんだから……」

と、そこでアメリアは驚いたように大きく目を見開いた。

うーん、夕日の具合のせいかな？　何だか更に顔が赤くなったように見えるぞ。

「……」

「……」

「……ありがとう……ございます」

「どういたしまして」

「……」

「……」

やっぱり何かおかしい。

黙り込む瞬間が多いし……今日のアメリアは変だな。

何て言うか、恋する乙女感が凄いというかなんというか。

まさか、僕のことを好きになっちゃったとかでもあるまいし。

まあ、猫耳好きの僕としてはアメリアが僕のことを好きになっちゃったとかなら、凄い嬉しいけどね。いや、それは猫耳好きとかいう理由だけでなく、少なくとも彼女が良い子だってのはこれまでのやり取りで分かっているわけで……。付き合うとかそういう話になる場合は、もうちょっと内面を知らないといけないのは間違いないけど、とりあえず見た目の段階ならバッチコイって感じではある……って、僕は何を馬鹿なことを考えているんだ。

ありえない仮定のもとで色々と考えても仕方がないだろうに。

と、それはさておき。

そこで、ゴルちゃんがシャボン玉を追いかけて屋敷の裏に走っていった。

「ゴルちゃーん、一人だけで目の届かないところに行っちゃダメだよーー！　って、なんじゃこりゃあああああ⁉」

はたして、ゴルちゃんが走っていった屋敷の裏庭には――

――物凄い量の魔物の死体が転がっていたんだ

と、僕の叫び声で駆けつけてきたアメリアも「何ですかこれはーーー！」と叫んでいる。


「ヒロさん！　何ですかこれは!?」

「知らないよそんなの！　昨日はこんなの無かったことしか分からないよ！」

「デビルボア……亀龍……デビルサーペントまで!?　これ、超危険魔獣の見本市みたいになってますよ!?」

「確かに見た目からして強そうな魔物ばっかりだね」

「討伐難易度も非常に高く、素材としても食材としても高価な魔物ばかりです！」

「って、ミノタウロスまでいるよ!?　本当にこれはどういうこと!?」

その時、僕の耳に届いたのはバサバサと翼を羽ばたかせる音。

つまりは、空から銀色に輝く……おなじみの古代龍さんが空から降りてきたのだ。

「うむ、今日の昼間のことじゃがな、お主ら忙しそうじゃったろ？　その間、我がゴルに狩りを教えたのじゃ」

そういえば昼間に僕たちが保存食を作っている一時間か二時間、読み書きの自習って形でゴルちゃんには自室で大人しくしてもらっていたね。

なるほど、その間にコッソリと古代龍さんがゴルちゃんを連れだしていたのか。

「ぱぱー！　ごるがんばったよ！　がんばってまものやっつけたよ！」

「いや、狩りの練習って次元じゃないでしょこれ？　ミノタウロスまでいますよ？　これをゴルちゃんが？」

と、僕はそこに転がっているミノタウロスを指さした。

「これを狩ったのは無論、我じゃ」

「そりゃあそうでしょうね」

ミノタウロスっていったら、剣聖と呼ばれるスミノフさんですらどうにかこうにか一体を狩るみたいな感じだもんね。

赤ちゃん龍が簡単に狩れたら、さすがに引いちゃうよ。

「じゃが、そっちはゴルが一人で狩ったのじゃ」

古代龍さんの視線の先にはミノタウロスが三体もいたのだ。

「えーっと……三体もゴルちゃん一人で？」

「そこは神龍公の娘じゃな。龍族でもこのような狩りの才を持つ者はおらぬ。それと……お主のバフスキルがアホほどきいてて……さすがの我もビビったわ」

「ヒロさん……さすがです。本当に驚きましたよ、こんな子供にすらミノタウロス討伐の力を与えるなんて……」

「いやアメリア、ここは僕じゃなくてゴルちゃんの戦闘力に驚くところだけどね」

「つおいー？　ごるってつおいー？　ぱぱほめてくれるー？」

「うん。凄いよゴルちゃん。パパも食材がたくさん手に入って嬉しいよ」

しかし……と、僕は思う。

この可愛い見た目に騙されてはいけないな。

やっぱりＬＲ《レジェンドレア》の名に恥じないだけの……とんでもない戦闘能力があるようだね。

これで大器晩成型っていう触れ込みなのは、本当に驚くしかない。

こうなってくると、最終的にどんなことになるんだろうかな？

「ともかく、龍には龍の育て方というものがある。人間の育て方だけでは不足する部分もあるじゃろうから、我も子育てには参加させてもらうぞ。なんせ……神龍公には我は恩義がある故な」

「ええ、そりゃあ助かりますよ」

「ねえぱぱー！　みてみてー！　ごるすごいのできるんだよ？」

「ん？　何だいゴルちゃん？」

言葉を受けて、ゴルちゃんは前方に飛ぶシャボン玉を見て、キッと鋭い目つきになった。

そしてそのまま大きく息を吸い込んで、ドラゴンブレスを吐き出した。

「それ火事とかになる奴だからーーーーー！」

角度的には今回は大丈夫だったけど、森とか屋敷の方向だったらアウトだったね。

気を取り直して「あははー」とニコニコ笑顔でシャボン玉を追いかけ始めたゴルちゃん。

見た目は可愛いし、無邪気なのも可愛いんだけど……これは取り扱いに注意が必要な危険な幼女だぞ……。

と、僕は「ははは」と力なく笑ったのだった。

★☆★☆★☆★☆★

その日、屋敷の地下食材倉庫で僕は備蓄状況の確認をしていた。

「干し肉良し！」

大きな豚やら前回の高級魔物肉やら、鬼のような量の干し肉だ。

これだけあれば元山賊団のみんなが来ても、しばらくの間は大丈夫だろう。

っていうか、鬼のような量なので、もちろん鬼のような燻製作業でもあったんだけど……まあ、アメリアがいなかったら死んでいたのは間違いない。

そこは本当にアメリアには感謝してもしきれないよね。

「スライムの干し物良し！」

こちらもスープや和え物の具材として重宝する一品だ。

いわずもがなで味も一級品な上に、裏山でいくらでも採れて安定供給まで見込める便利食材となる。

「干し肉良し！」

しかし、本当にこの干し肉は悪夢的な量だよね。

見ているだけで圧倒されるような分量で、むしろ元山賊団のみんながいないと食べきれないんじゃなかろうか。

保存食って言っても、保存期間には限度があるしね。

「スライムの干し物良し！」

こちらも相当な分量となっている。

味も供給性も良くて保存性も抜群なんて、本当にスライムってのはどれだけ便利なんだろうか。

「って、干し物ばっかりじゃないか！」

うん、そうなんだよ。

一部はアメリアが持っていた保存用の箱で生肉を保管しているんだけど、それが尽きれば後は干物しかない。

特に燻製肉なんかは塩分を大量に使っているわけだ。

古代龍さんじゃないけれど、これだけを食べていくなら生活習慣病の危険がある。

「うーん。長期間……干し肉だけに頼るっていうのはやっぱり不味いよね」

古代龍さんの肉供給は気まぐれだし、一回一回の量が多い。

ぶっちゃけ、とてもじゃないけど食べきれないから干し肉にするしかないんだ。

いや、そもそもからして食肉の供給を古代龍さんだけに頼るってのも不味い気がするよね。

つまりそれって、古代龍さんに生活習慣病で倒れられたりでもしたら、我が家の食料事情は完全に詰んじゃうってことだもん。

さて、どうしたものか。

そんな感じで倉庫の中で考え込んでいる僕に、アメリアが背後から声をかけてきた。

「……お手伝いさせていただけませんか？」

「ん？　お手伝いって？」

「お困りなら、とりあえずウサギでも捕まえる罠を教えましょうか？」

「え……？　アメリアって狩りできるの？」

「戦猫耳族《ワーキャット》は狩猟民族ですので」

と、彼女はニコリと笑顔の花を咲かせたのだった。

★☆★☆★☆★☆★

まず、丈夫なツルで小さな輪っかを作る。

その中に吊るすように、エサの木の実や豆を吊るす。

すると、エサを食べたウサギは輪っかに挟まって身動きが取れなくなる。

「こんな……単純な罠で大丈夫なの？」

僕の問いかけにアメリアは小さく肩をすくめた。

「まあ、昔からの知恵というやつです」

「ともかくありがとう。小動物系の罠だったら僕でも何とかなりそうな気がするよ。他にも色々教えてほしい」

その言葉でアメリアは満足気に大きく頷いた。

「ふふ。そういえば……初めてなような気がします」

「ん？　初めて？」

「ええ、初めて私がまともにヒロさんのお役に立てているような気がします。出会ってから……エリクサーなど与えてもらってばかりだったので」

「いや、燻製肉とか手伝ってもらったりしてるじゃないか。本当に助かってるよ？」

「それはただお手伝いをしてるだけで、助手的な意味合いでしょう？　やることなすこと、知識の違いに私はただただ驚くばかりです」

「エリクサーのことはもう良いって。何度も言ってるけど、当たり前のことをしただけなんだし」

「だから当たり前じゃないんですって！」

これ以上話をしてもいつものリピートだと、僕は諦めて肩をすくめた。

で、結局、その日は罠の作り方を色々と教えてもらって屋敷に帰ることになった。

ちなみに、帰りに最初に仕掛けた罠にウサギがかかっていたので幸先《さいさき》は上々というところだろう。

★☆★☆★☆★☆★

さて、ウサギ肉の料理である。

フランス料理ではシカとかウサギは定番だ。

けど、そんなお洒落でお高いものなんて僕は食べたことが無い。

ってことで、調理するのはもちろん、食べるのすらも初めての経験である。

ただ、ウサギ肉と言えば——。

お肉は真っ白で、噛んでみると「やわらかぁい！」と、そんな話は聞いたこともあるね。

で、まあ、聞きかじりの知識では鶏のササミ肉に近いということだ。

「なので、今日はフライにしてみたんだ！」

地下の晩餐室に集まったみんなの前で、僕はお皿を並べていく。

木製の長テーブルをランタンの明かりが照らし、みんなの表情がニコニコとしているのが良く分かる。

ちなみに、ソースは和風で、酢と醤油と柑橘果物でポン酢も作ってみたんだ。ササミってことで、和風アッサリ風味という感じかな。

アサツキ（ネギ）は裏山に自生しているし、なんと野生の大根まで発見したので大根おろしも作ることができた。

ってことで、今日の料理はズバリ——

ウサギ肉のフライ　～和風ポン酢大根おろしネギまみれ～

と、名付けるのならばこんな感じになるわけだ。

あ、あとはスライムの干し物でお酢の和え物も作ってみた。

これは日本料理では割とベーシックなクラゲの調理法になるのかな？

まあ、良く分からないけど、とにかく今日は和風尽くしで、白ワインも用意してみたってことね。

「ぱぱー！　これおいしいー！」

一口食べるや否や、ゴルちゃんがニコニコ笑顔でそう言って両手をあげて万歳の体勢を取った。

しかし金髪ロングの紅瞳、まるで美術品のような造詣の子供だね。

ちなみに、そんな彼女のトレードマークはちょこんと立った一房のアホ毛。

笑うととっても可愛らしいんだ。

「ヒロさん。さっぱりした味付けで本当に美味しいですよこれ！」

「我はショウガヤキの方が良いな。ところでお主が前に言っておった豚の味噌漬けのことなのじゃが……」

うーん。

古代龍さんは生姜焼き派なのか。

豚の味噌漬けにも興味を示しているし、この人は濃い味付けが好みなのかもしれないね。

いや、生活習慣病を気にするんなら濃いのは止めといた方がとは思うけど。

「って、どうしてここにいるんですか⁉　しかも人化してるし！」

サイズ的に古代龍さんは地下には入れない。

なので、人化して入ってきたということなんだろうけど……。

っていうか、喋り方だけで誰か分かった僕も凄いとは思う。

だって、僕の目の前にいるのは、生活習慣病のメタボとは無縁そうな細マッチョのイケメンさんなんだもん。

見た目は二十代前半かな。

銀の長髪がサラサラで、耳だけはちょっと龍っぽい感じ。あと、角も生えているね。

例えるなら、少女漫画とかに出てきそうな俺様系の超絶美形のドラゴニュート版というところだろう。

服は白が基調のゆったりとした神官服のような感じで、ここが聖都だとすると、高位聖職者と言われても何の疑問も抱かないような、そこはかとない清廉にして神聖なオーラも感じる。

「いや、じゃから時々はメシ食べにくるって言ってたろうに？」

確かにそんなことは言ってたけどさ。

っていうか、この前はゴルちゃんをどうやって地下の部屋から連れ出したんだと思っていたんだけど、人化でちっちゃくなってたんだね。

しかし、滅茶苦茶美形なのにお爺ちゃん言葉って……何だか違和感半端ない。

「まあ……さすがじゃの」

「さすがとおっしゃいますと？」

そうして古代龍さんはニカリと笑ってこう言った。

「美味いのじゃ！　いや、美味すぎるのじゃ！」

満面の笑みの超絶ニコニコ笑顔。

まあ、美味しいなら僕も何よりだ。

「しかし、これはこれで本当に美味しいのじゃが、我はやっぱり味付けは濃い方が……」

あ、何だ急にシュンとしちゃったよ。

俺様系の超絶イケメンが……食べ物でスネている感じの光景。

何だかその仕草が可愛く見えて、僕は思わず笑ってしまった。

「んー。でも私はヒロさんの料理はサッパリ系の方が好きですね。あ、もちろん濃い系のも……凄く美味しいですが」

「ごるはぱぱがつくったのはなんでもおいしーよー！」

「我はやはり……なんていうかこう……ニンニクがガツンと効いた系が好みじゃな。いや、このフライも美味いのじゃぞ？　サクッとしとるし」

とりあえず、これは好評ってことで良いんだろうね。

まあ、古代龍さんはどことなく不満っぽいけどさ。

ともかく、味も良いしウサギはこの辺りでは比較的狩りやすいタイプの獲物らしい。

これからアメリアが色々と実地で教えてくれたりするわけだし、とりあえずはタンパク源の確保は目途が立った。

そして問題がクリアーされると、次から次へとやりたいことが増えていくのが人間なわけで。

つまり、具体的に言うと――

――お米が食べたくなってくるわけだ

調味料もあるし、お肉もある。

と、なると、お米とオカズという形でちゃんと食事を楽しみたいと思うのは間違いなく日本人のサガだよね。

美味しいオカズもお米があってこそ……と、そういうところがあるのは間違いない。

いや、でも、この地域の気候的にお米はさすがに無理だよなあ……。

実際問題、ここは高温多湿って感じとは程遠いんだよ。

春から夏にかけて涼しくて乾燥していて、冬は豪雪なんだもんね。

日本で言えば北海道っていう感じかな？

なら、まずは屋敷の広大な庭で小麦でも作ってみようかな。

ゆくゆくは人を集めてこの一帯の整地とかになってくるんだろうけど、まずはそこから一歩一歩って感じだろう。

そうなると小麦の種もみの買い付けに行かないといけないね。

それとスキル【ガチャ】の解明やら、何故にミノタウロスの攻撃で僕が無傷だったのかっていう検証なんかもしないといけないよね。

っていうか、スキル【ガチャ】ってどういう状況の時に使えるんだろう？

そう思い、僕は心の中で【スキル：ガチャの状況を確認】と、そう呟いてみた。

――スキル【ガチャの状態を確認】……古代龍・アメリア・ゴルからの幸福感情を吸収しました。前回の繰り越し分と合わせてガチャ一回分のポイントが残っています
幸福値？

うーん、どういうことなのだろう。

人に喜ばれるとスキルが使えるってことなのだろうか？

まあ、これも今後の要検討事項だ。

ってことで、せっかくだし使えるなら使ってみようか。

――スキル【ガチャ】が発動しました。今回出たのはランク：UR《ウルトラレア》です。

っていうか、神の声は問いかければ普通に会話ができる系統のだったんだね。

ネット小説なんかでは色んなパターンがあるんだけど……まあ、それはともかく。

ウルトラレア？　よしよし、これは良いものが貰えそうだぞ。

前回のゴルちゃんが出た時はＬＲ《レジェンドレア》だったよね。はたしてＵＲ《ウルトラレア》とどっちが格上なんだろうか。

まあ、どちらにしても良いものが貰えるのは間違いない。

――スキル【農作物栽培】が生えてきました

「ガチャでスキル生えるの⁉」

驚きのあまりに僕は声をあげてしまった。

すると三人が不思議そうに僕の顔をマジマジと眺めてきたので、「あはは」と笑ってごまかした。

で、神の声さん？　【農作物栽培】というのは、どういうスキルなの？

——所有している農地の農作物の栽培速度が三倍になります。また、初回特典として小麦の種と大豆を用意しました。

所有する農地での栽培速度三倍？

と、僕は思わず息を呑んでしまった。

ええと、確か農民が耕す農地って名目上は領地所有ってことになってるよね？　だったら——

——これって、とんでもないことになるんじゃないか？

さすがはウルトラレアだ。

そう思い……僕は一気に実現可能に近づいた「人民が飢えない領地づくり」という目標を思い、思わず身震いしたのだった。

と、その時、最後に神の声のこんな言葉が頭の中に響いてきた。

——また、【農作物栽培】の副産物により、自身と領民の農作業中のアレコレに耐性がつきます。

農作業耐性？　虫刺されとかに強くなったり、あるいは夏の日差しに強くなったりするのかな？

まあ、農業担当の人が楽をできるなら良いことだよね。

新スキルまとめ

★新規獲得

・【農作物栽培】

領地の農作物栽培スピードが3倍になる

・【農作業耐性】

自身と軍団のＨＰが2倍になる。

自身と軍団の魔法耐性が2倍になる。

自身と軍団の物理耐性が2倍になる。

自身と軍団の核熱耐性（夏の日差し対策）が2倍になる。

★領地関連スキル

【八百万の神の豊穣】　栽培成長速度2倍

【豊穣小神セネーの微笑み】　栽培成長速度1・1倍

【風と大地の恵み】　栽培成長速度1・1倍
【農作物栽培】　栽培成長速度2倍
合計：4・84倍

ヒロの倍率変動状況まとめ

・HP倍率
新スキル適用前：432倍＝3（巨神タイタンの加護）×2（城門堅固）×5（むしろ貴方が巨神自身）×1・2（龍の加護）×1・5（神龍の加護）×8（ステータス倍率）
新スキル適用後：864倍＝3（巨神タイタンの加護）×2（城門堅固）×5（むしろ貴方が巨神自身）×1・2（龍の加護）×1・5（神龍の加護）×2（農作業耐性）×8（ステータス倍率）

・魔法攻撃耐性倍率
新スキル適用前：96倍＝2（各種基本耐性）×3（賢者：無我の境地）×2（百識）×8（ステータス倍率）
新スキル適用後：192倍＝2（各種基本耐性）×3（賢者：無我の境地）×2（百識）×

2（農作業耐性）×8（ステータス倍率）
・核熱攻撃耐性倍率
新スキル適用前：288倍＝12（魔法耐性倍率）×1・5（古代の叡智）×2（神々の禁忌：量子力学の真理）×8（ステータス倍率）
新スキル適用後：576倍＝12（魔法耐性倍率）×1・5（古代の叡智）×2（神々の禁忌：量子力学の真理）×2（農作業耐性）×8（ステータス倍率）
・物理耐性倍率
新スキル適用前：240倍＝3（明鏡止水）×2（質実剛健）×5（むしろ貴方が巨神自身）×8（ステータス倍率）
新スキル適用後：480倍＝3（明鏡止水）×2（質実剛健）×5（むしろ貴方が巨神自身）×2（農作業耐性）×8（ステータス倍率）

★部下関係倍率
・部下ステータス倍率

8倍＝2（軍団指揮）×2（領地運営）×2（城門堅固）
・HP倍率
新スキル適用前：14・4倍＝1・2（龍の加護）×1・5（神龍の加護）×8（ステータス倍率）
新スキル適用後：28・8倍＝1・2（龍の加護）×1・5（神龍の加護）×2（農作業耐性）×8（ステータス倍率）
・魔法耐性・核熱耐性・物理耐性
16倍＝2（農作業耐性）×8（ステータス倍率）

そして翌日。
今日はアメリアと一緒に裏山の散策だ。
で、泊りこみで罠の勉強をすることになっているわけだね。

ちなみにゴルちゃんは家でお留守番という形で、とっても寂しそうだったのは少し気がかりだ。

まあ、古代龍さんがベビーシッターしてくれるのでそこまで心配していないけどさ。

けど、ゴルちゃんはちょっと僕と会ってないだけで、抱き着いて離してくれなかったりする。

なので、今回は大変なことになりそうだなと、そこは非常に心配しているけど。

と、まあ、そんなこんなで――。

シカ獲りの罠やらを教えてもらって、一晩明かした僕たちは予定通りに屋敷に到着した。

それで、僕はゴルちゃんにまとわりつかれる前に、やるべきことをやろうと地下室へと向かった。

★☆★☆★☆★☆★

「おいおい……マジですか」

開口一番、育てているモヤシを見て僕はあんぐりと口を開いた。

と、いうのも家を出る前に暗室に植えた大豆……つまりはモヤシが食べごろの大きさまで育っていたんだよね。

「良し！　これで今夜はモヤシ鍋だ！」

スライムの干し物でダシを取るのは確定だな。

そこからニンニクと生姜と味噌と白ワインで味付けってところか。

でも、それだけだと味気ないかな。ええと、せっかくの初モヤシだし、奮発して保存の箱に残っている豚肉も使ってみようかな。

ふふ、想像しただけでヨダレが出てきてしまったぞ。

「でも……」

と、育ったモヤシを目の当たりにした僕は小首を傾げる。

「モヤシって一日ちょっとでできるようなものだっけ？」

確か食べられるようになるまで、一週間くらいと聞いたことがある。

いや、【農作物栽培】のスキルが効いているんだろうけど……。

んー、それでもやっぱりおかしいな。

【農作物栽培】スキルで三倍。

他に神託の時にもらったのも計算に入れて、多く見積もってざっくり三・五倍の速度としよう。

それにしても、一週間ってことは二日はかかるはずだぞ……。

まあ、ここは異世界ってことで、作物の育つ速度が速いってことなのかな？

同じ時間帯に植えた小麦も、もう芽を吹き出したりしているしね。

ともかく、悪いことではないのは間違いない。

そうしてモヤシを収穫して、僕は地下の晩餐室に戻ったのだった。

★☆★☆★☆★☆★

「な、な、なんじゃこりゃあああ！」


晩餐室に入った後、僕は予想通りにクタクタになるまでゴルちゃんにまとわりつかれることになった。

で、「ぱぱとままにみせたいものがあるのー！」とゴルちゃんに連れられて裏庭に連れられて行ったんだよね。

そして、裏庭に広がる惨状を目の当たりにして、アメリア共々「なんじゃこりゃあああ！」と叫ぶことになった。

「これは一体どういうこと⁉」

狼狽する僕たちに、古代龍さんが大きく頷きこう言った。

「うむ。今回はお主たちの不在が長かったので、我もゴルに泊りがけで狩りを教えたのじゃ」

まあ、つまりは前回よりも遥かに多い量の戦果が裏庭に転がっているわけだ。

「凄いですヒロさん。前回よりも遥かに高難易度の魔物ばかりですよ。シーサーペントやヒュージベアー。他にもメデューサとか……って、メデューサ⁉　厄災級ユニーク個体じゃないですか！」

「英雄冒険者パーティーの長期遠征の帰還みたいなノリだよね……っていうか、僕的にはメデューサよりもシーサーペントというのが気になるよ」

海までは千キロ近く離れているはず。

泊りがけといっても、いくらなんでも移動距離に限度があるでしょうよ。

「ぱぱー！　だいぼうけんだったんだよー！」

「うん、そうだろうね」

壮絶であり壮大な道だったであろうことは、ここに転がる色んな地域の魔物を見ていれば分かるよ。

っていうか……あれ？

魔物に交じって普通の魚とかもいるぞ。

かなり弱々しいけど、鯛が数匹ピチピチと跳ねているのが見える。

「こだいりゅうのおいちゃんがしんせんなのがおいしーっていってたから、ごるがくちのなかにおみずをいれてはこんできたのー！」

それにしたって、生きてる鯛ってのは凄いね。

これは千キロの道のりを一時間とか二時間で来ちゃったノリなんだろうか。

っていうか……と、そこで僕はゴクリと息を呑んだ。

「生きてる魚なら、お刺身ができるぞ！」

僕は自炊していたので、魚の三枚おろしくらいなら普通にできる。

スーパーで買ってきたサンマで、生でイケそうなやつなら「なめろう」とかよく作ってたしね。

いやあ、これは本当にヨダレが出てきたぞ。

醤油もあるし、生姜もあるし、ポン酢っぽいのも作れるし、裏山でワサビもこの前発見している。

新鮮な鯛なら塩を振っただけのお刺身でも美味しいし……もう、完全にやりたい放題だ。

で、お刺身と言えばやっぱり日本酒なわけだけど、ここは白ワインで十分代用も可能だ。

ヨーロッパの方では日本酒って白ワインの一種としてカテゴライズされていたりするわけなんだしね。

もちろん、お刺身と白ワインが物凄く合うのは、ヨーロッパのカテゴライズに従うまでもなく、前世の僕の舌が実証済みの事項でもある。

「じゃろう？　貴様等の料理で最強と言えば刺身じゃからの！」

古代龍さんもノリノリで、僕もテンションマックス状態だ。

「と、それは良しとして古代龍さん。この量はさすがに食べられませんよ？　保存するにしても限度がありますし」

もう、裏庭はほとんど見渡す限りの魔物って感じになっているし。

山賊団のみんながいれば手分けして燻製にもできただろうけど、さすがにこの量はアメリアとの共同作業じゃ無理がある。

シーサーペントに至っては……小さいクジラみたいな大きさだしね。

一週間とか二週間とかの作業になるだろうし、色んな下準備の時点で半数程度は腐り始めてしまうだろう。

「そんなもの捨てれば良いではないか」

「狩った獲物は粗末にしてはいけないです。さすがにメデューサとかの食用じゃないものは仕方ないですけど……これって大体食べられる高級食材ですよね？」

「うむ。持ち帰ったのは調理に適するものばかりじゃからな」

「ん？　なら、どうしてメデューサを持って帰ってきたんですか？」

「そんなもん決まっておろう？　メデューサといえば強者中の強者で有名な魔物ぞ？」

「ふむふむ……つまり？」

そうして古代龍さんはドヤ顔でこう言い放ったのだ。


「自慢したかったのじゃ！」


うーん……。

前から思っていたけど、古代龍さんってフリーダムだよね。

子供っぽいというか、なんというか……。

「ともかくじゃ……死ねば肉は腐る。そしてやがて大地へと戻るわけじゃな。大地からは植物が生え、食物連鎖が始まるわけじゃ。結果、この場で食おうが土に戻ろうが全ては輪廻の循環の中——大差はない。なので、別にもったいないとは我は全く思わんぞ？」

確かに一理ある。

っていうか、そんな考え方は僕には全くなかった発想だ。

けど、やっぱり食べ物を粗末にするのは「もったいない」と、そう思ってしまうんだ。

別に古代龍さんの考え方が間違いだとは思わないけど……。

まあ、ここは考え方の違いとか見解の相違ってやつなんだろうね。

龍族と人間は生きる時間が違うから、必然的に物事を見る目のスケールが違ってくるっていうのも当たり前の話だろうし。

「でも、僕にはやっぱり『もったいない』としか思えません」

「ならば、好きにすればよかろう。どの道……お主にあげるために獲ってきたもんじゃしな。煮るなり焼くなり捨てるなりするのはお主なわけじゃ」

と、僕はアメリアに顔を向けた。

「とりあえず燻製の準備をしよう。腐っちゃう前にね」

「しかし、これは大変な作業になりそうですね」

「まずは作業着に着替えて、道具も取ってこないと……」

そうして僕とアメリアは、能天気に蝶々を追いかけているゴルちゃんと古代龍さんを尻目に地下室へと向かったのだった。

★☆★☆★☆★☆★

道具を揃えて地下から出るや否や、アメリアは憂鬱な表情を浮かべた。

「けれど、どうしたって半分以上は腐りそうな感じなんですよね……」

「うん、だからスピード勝負ってことだ」

と、そんなことを話しながら、再度裏庭に向かっているところで、僕たちは背後から声をかけられた。

「あのー……すみません」

「ん？　貴方は？」

「あっしは旅の行商人でやしてね」

見た目三十歳そこそこくらいだろうか。

細い体に黒髪の長髪で、アゴの無精ヒゲが印象的な、人懐っこい笑顔の人だった。

「行商を商売にしてらっしゃるのですか？　うーん……荷物を持っている風には見えませんが？」

「ああ、あっしはアーティファクトを持っているんでやすよ。主に食肉流通を稼業とさせてもらってやしてね」

行商人さんが目の前の空間に手をやると、何もない空間から干し肉が出てきた。

「これは……かの有名なアイテムボックスという奴ですか？」

「ええ、そうなりやす。父親が命がけで古代文明の遺跡から持ち帰ったシロモノでやしてね。まあ簡単な冷蔵保存機能もついているし、数トンまでなら収納できやすから便利なもんですよ」

「それなら、商売は凄く上手くいってるんじゃないですか？」

要は、数トン収容可能な冷蔵コンテナを持ち運んでいるってことだからね。

せいぜいが荷馬車というこの世界の流通の常識を考えると、オーバーテクノロジーどころの騒ぎではないだろう。

「おかげさまで馬鹿ほど儲かってやがるんですが、当のオヤジがちょっと良くないところから借金を……ね。利息も鬼ってやつですわ」

「なるほど……」

「ま、利息払えば残るはスズメの涙って感じでね」

「大体の事情は分かりました。それで行商の旅の途中ってことなんでしょうけど、この屋敷に何か用事でも？」

「そこなんです。お恥ずかしい話ですが、ここには誰も住んでないってもんでね……。行商ルートの途中にあるこの屋敷を、あっしは宿として使わしてもらっていたんですわ。で、どうやら所有者が戻ってきてるって話でどうして良いか分からないと。そういう寸法ですわな」

「ああ、そういうことならここに泊っていきますか？　全然かまわないですよ？」

「え？　良いんでやすか？」

「そりゃあまあ、もちろん」

そこで行商人さんは懐に手をやって、銀貨を二十枚差し出してきた。

銀貨二十枚というと、ええと、確か日本円にすると二十万円くらいか。

「それじゃあこれは心ばかりのお礼でやす。これまでこの屋敷を無断で使っていたことも含めて、お代ってことで御納めくださいな」

「ああ、そんなのいらないですよ。定期的に誰かに使ってもらってるおかげで建物の状態も多少はマシだったんでしょうし、実際助かってます」

実は、屋敷の地下室には至る所に補修の跡とかもあったんだよね。

かなり新しい補修もあったし、この人が定期的に手を入れてくれていたってことなんだろう。

本当に助かったし、むしろこっちがメンテナンスの代金を払いたいくらいだ。

「いいや旦那。そういうところはなあなあにしていては良くないですぜ？」

「と、おっしゃいますと？」

「リターンとメリットが釣り合ってこそ、初めて有意義な人間関係が生まれる――それが商売の基本って奴でね。あっしは代金を払って宿を手に入れる。旦那は見返りに宿賃を受け取る。非常にシンプルな理屈でしょう？」

「まあ、どうしても受け取れとおっしゃるなら……受け取りますが」

「ところで旦那たちは急いでいたようだ。申し訳ありませんね、呼び止めるようなことをしてしまって」

「ああ、そうなんですよ。実は急ぎの用事で……お構いもできずに申し訳ありません」

そうして僕とアメリアは裏庭に向かって歩き始め、行商人さんも追随する形になった。

「ほう、そりゃあ、お忙しいところに重ねて申し訳ない。で、一体全体……何があったわけで?」

と、そこで曲がり角を曲がって裏庭に到着した。

「いやあ、実は見ての通りで……急いで保存食を作らないといけないんです。って……どうしたんですか?」

見ると、行商人さんは大きく目を見開いてその場でフリーズしていた。

そうして、プルプルと小刻みに震えながら、こう叫んだ。

「危険度Bランク:デビルボアに……Aランク:ヒュージベアー!? それもこんなにたくさん!?」

そのままキョロキョロと行商人さんは周囲を見回して、牛頭の転がる一角に目を留めて——手を震わせ始めた。

「危険度Sランク:ミノタウロス!? それも七体もっ!!!? そ、それに……それに……あの巨大なヘビ……ひょっとしてSSランク:シーサーペントっ!?」

行商人さんはドシンと尻もちをついて「あわわ……」と口をパクパクさせ始めた。

「そ、それにこれは……まさかとは思いやすが……」

震える手で蛇の髪を持つ魔物を指さして聞いてきたので、事実の通りに僕はこう答えたんだ。

「メデューサですね」

「や……や……厄災級ユニーク個体……あわわ……」

そうして行商人さんは白目を剥いて、その場で失神してしまったのだった。

「え……？　なんで気絶を……？　これは一体どういうこと？」

そう言うと、アメリアは呆れたように笑って肩をすくめてこう言った。

「ええとね……ヒロさん？」

「ん？　何だいアメリア？」

「Bランク以上の魔物の駆除は一流冒険者、Aランク以上に至っては騎士団案件です。それでメデューサの瞳って……国宝級の魔術素材なんですよ？」

まあ、つまりは……だ。

古代龍さんとゴルちゃんのせいで色々と感覚はマヒしているけれど、実はこれが通常の反応……と、そういうことらしい。

★☆★☆★☆★☆★

「ど、どんなレベルの素材の山なんですか！　宝ですわ！　こりゃあ宝の山ですわ！　是非……是非とも買い取らせてください！」

目の色が変わる……とは、こういうことなんだろうか。

気絶から目覚めた行商人さんは目を【¥】マークに変えた感じで、僕に詰め寄ってきた。

「まあ、そりゃあかまいませんけど？」

「そんなアッサリ即答で良いんでやすか⁉」

「ウチにあっても宝の持ち腐れですしね。ああ、あと……それにこれって安定供給もできると思います。なので、これから先も引き取ってもらえると……」

と、そこで行商人さんはアイテムボックスから名刺を取り出した。

「申し遅れました！　あっしはアードミック商会傘下ジャックと申しやす！　いやー、しかし旦那は……凄い魔物狩りのルートをお持ちのようで！」

「まあ、凄いと言えば凄いんでしょうけど……」

だって、神龍の娘と古代龍さんだもんね。

と、そこで空からゴルちゃんの笑い声が聞こえてきた。

「あはは！　こだいりゅうのおいちゃんはやーい！　さらまんだーよりはやーい！」

見上げると、そこには古代龍さんの背に乗った金龍バージョンのゴルちゃんの姿があった。

初めて龍化した姿を見たけど、ゴルちゃんの大きさは体高三メートルってところかな？

古代龍さんの大きさの半分以下だけど、人間よりは遥かに大きい。

まあ、あれなら高位の魔物を狩れると言われても不思議はないかな。

「あ、ぱぱだー！　はやいんだよー！　こだいりゅうのおいちゃんはやいんだよー！」

「ゴルちゃーん！　今はお客さん来てるから、ちょっとだけあっちで遊んでてねー！」

「はーい！」

「すみませんジャックさん。ところで、こちらからもお願いがあるんですが」

と、僕はジャックさんの方に向き直った。すると――

「あ、あ……あわわ……古代龍を……使役……それにあれは……あの金色は……まさか……神龍……？」

「ジャックさん！　また目が白目を剥きそうになってますよっ！」

と、ジャックさんは僕の言葉の通りに白目を剥いて、その場で気絶してしまったのだった。

★☆★☆★☆★☆★

と、そんなこんなで――。

その日の晩は宴会になった。

「いやー！　凄い！　これは凄い料理でやすよ！」

ジャックさんが提供してくれた香辛料も使って、今日の料理は本当に物凄い豪勢なんだよね。

提供してくれた香辛料の種類も豊富で、こんな感じの品揃えだった。
・レッドチリパウダー
・ターメリックパウダー
・クミンパウダー
・コリアンダーパウダー
それを見た瞬間に僕が思ったのは『これだけあればひょっとして……？』と、そういうことだった。

つまりは、スパイスカレーってことだ。

お米があったら完璧だったんだけど、そこはパンで我慢するしかない。

あとのメイン料理は、もちろん日本人のソウルフードの鯛の刺身だ。

「ヒロさん！　生のお魚がこんなに美味しいなんて！　それに――白ワインに凄く合います！」

まあ、初めて刺身を見た西洋人なんかも……二度ビックリしただろうね。

まずは魚を生で食べるという衝撃の光景に。

そして、それが恐ろしいほどに美味しいという事実に。

と、そんな感じでお刺身をツマミにみんなの白ワインが進み、物凄い勢いでワインの栓が開いていくわけだ。

ってことで、みんなニコニコ笑顔なわけなんだけど――

「刺身は美味い！　じゃが、カレーは辛いのじゃ！」

いや、ここに一人だけ不満そうな人がいるみたいだね。

つまりは人化した超絶イケメンの古代龍さんが、何やら頬を膨らませているわけなんだけど……。

「え？　古代龍さんは濃い口の方が好きなのでは？　だから辛めに作ってみたんですけど……」

「トウガラシの辛さと味付けが濃いのはまた別の話じゃからな！　しかし、落胆したぞ！　お主には！」

「と、おっしゃいますと？」

「我はお主の料理を見込んで盟友となったわけじゃ。じゃが、まさかお主の料理で落胆することになるとはの……いいか？　これだけは覚えておくのじゃ！」

と、古代龍さんは大きく息を吸い込んだ。

そして、一呼吸おいてドヤ顔でこう言った。

「我の舌はおこちゃまなのじゃ！」

いや、ドヤ顔で言うこっちゃないでしょ……と僕は苦笑いする。

「じゃ、じゃあ、もう一種類作ってるのでそっちを試してくださいよ」

「ほう、もう一種類とな？」

「いや、実はゴルちゃん用に辛さ控えめのカレー作ってたんですよね。チーズとかも入れてますし、かなりマイルドなはずですよ」

「……と、いうことは……そのカレーはもちろん？」

「辛くありません」

大きく頷き古代龍さんは僕のよそった甘口カレーをパクリと一口。

「うむ！　パーフェクトじゃっ！　お主ならば必ず我の期待に応じると思っておったぞ！　さすがは我の見込んだ男じゃ！」

調子良いよなあ……。

と、苦笑いするけど、何故かこの人は憎めないんだよね。

まあ、そんな感じでニコニコ笑顔で古代龍さんはバシバシと僕の背中を叩いてくる。

「ぱぱー！　かれーおいしいー！　おいしいよー！　こんなのうまれてはじめてだよー！　かんどーなんだよー！」

いや、生まれて初めてとか言っているけど、まだ君は生後二週間とかの世界しか知らないよね？

　まあ、可愛いから良いけどさ。

「ああ、ところでジャックさん？」

「なんでやすか旦那？」

「……余ったお肉も買い取っていただけますか？　もちろん食用のものだけで構わないんですが」

「そりゃあもちろん。高級素材ですし、そのお話からは儲けの香りしかしませんわ」

「良かった。それじゃあお任せします。いやあ、腐らせるともったいないですからね」

「もったいない……？」

　そこでジャックさんの眉がピクリと動いた。

「しかし、あっしがどんな人柄か分からないのに、よく二つ返事で商売の話を受けやしたね。あっしが……ボッタクリする可能性は考えなかったんでやすか？　探せば他にも流通ルートは色々あるはずですぜ？」

「いや、それにしたって時間がかかって……お肉が腐っちゃうでしょ？　命をいただいたうえで腐らせるなんて……それはやっぱりもったいないですよ。そりゃあ、よっぽど酷いことをされるなら、取引の相手は次から変更せざるをえないですけどね」

　そうして何やらジャックさんはアゴの無精ヒゲに手をやった。

そのまま呆れるように笑って、「負けた」とばかりに両手を上げたのだ。

「しかし、貴族相手の商売で『命をいただいた』なんて言葉が出てくるのは驚きですわな。ま、安心してくださいな。旦那からの信頼を得て長い付き合いをした方が儲かりそうですしね……こっちも下手なことはできませんや。薄利でやらしてもらいますので……今後も御贔屓《ごひいき》にお願いしやす」

そして――。

その日は大いに飲んで食べて、ジャックさんから各国の情勢なんかを聞いたりして、僕たちは商材販路の確保に成功したのだった。

★☆★☆★☆★☆★

「あははー！　あははー！　ぽてとちっぷおいしいなー！」

ジャックさんが色々と残していった品物の中にジャガイモがあった。

なので、今日の昼下がりのお茶会ではポテトチップスを作ってみた。

薄く切ったジャガイモを素揚げして塩を振るだけだから、こんなに簡単で美味しい料理もそうは無いだろう。

まあ、薄く切るのにちょっとだけ苦労したけど。

『野菜の皮むきのピーラーってやっぱり便利だよなあ……』、あれなら簡単に作れたのにとか、そんなことを思ったのは内緒だ。

「やはりお主は我の見込んだ男じゃな。まさかもう一度ポテトチップス……いや、ポォティトチップスを食べられる日が来るとは……」

そういえばこの人は昔に転生者というか、料理ができる悪役令嬢と縁を持っていたんだよね。聞けば、その人が日本の料理を色々作ってくれたのだとか。

しかし、ポォティトチップス？

そんな特徴的な言い方をするなんて……いや、日本のマンガのキャラにそんな言い方する人もいるけど。

ってことは、マンガ好きのかなり変わった転生者だったんだろうか？

ま、それはさておき、そろそろアメリアがここに到着してから一か月なんだけど、小麦がとにかく凄い速度で成長している。

まだ実はついていないし小麦色にもなっていないんだけど、たった数週間で青々とした立派な畑になっていてちょっと引いちゃうよね。

だけど、夏とか秋の気候の関係とかはどうなっているんだろうか……なんか、そういうのを超越した感じで育っている気がするんだけどさ。

いやはや、よく考えると引くを通り越して怖いくらいの感じだ。

「しかし、このお菓子は本当に美味しいですよヒロさん」

「まあ、ジャガイモを薄く切って揚げただけなんだけどね」

「いやいや、その発想が凄いんですよ」

「それを言うなら考えた人が凄いんだよ。凄いのは僕じゃないし」

「それでも、私はヒロさんが凄いんだと思いますよ？」

反論してもいつもの感じで押し切られちゃうだろうから、黙っておこう。

アメリアが僕を褒めまくるようになったのは、眼鏡の一件以来だから、やっぱり近眼を治すってのは……物凄いことなんだろう。

もちろん、それは僕が凄いんじゃなくて中世ヨーロッパだかの化学者さんなり、ガラス職人さんなりが凄いわけなんだけど。

と、僕がポテトチップスのお皿に手を伸ばした時、アメリアが同じタイミングで手を伸ばしてきていたらしく、手と手が触れ合った。

「あ……」

「あ……」

「……」

「……」

「はは、手が触れちゃったね。ごめん」

「あ、いえ……嫌とかそういうのではないので……気にしないでください」

「でも、なんか変にドキドキしちゃうよね」

「ドキドキとおっしゃいますと？」

「いや、こういう時ってドキッとしない？」

その言葉でアメリアは少し驚いた顔をして、すぐに嬉しそうにニコリと笑った。

「あの……ヒロさんも……ドキドキ……しているのですか？」

「そりゃあそうさ。ドキッとしちゃうよ」

「……そうなのですか」

「うん」

「……」

「……」

「そうなんだ……ヒロさんも……私と同じ……なんだ……」

嬉しそうというか、幸せを噛みしめているというか。

なんかそんな感じのアメリアなんだけど、どうしちゃったんだろうか。

「いやさアメリア。ほんとに不意打ち気味に手と手が触れると、異性ってだけでドキッてしちゃうよね。これって絶対に生理学的な原因があると思うんだ。だって、好きでもない相手でも関係なく……誰にだってだよ？　不意打ちマジックっていうかなんていうかさ」

その言葉を聞いたアメリアは急に「へにゃへにゃ」って、しおれてしまった感じになってしまった。

「ん？　どうしたの？」

と、そこで一部始終を見ていたゴルちゃんがポテトチップスを口に放り込んで、能天気に笑いながらこう言ってきたのだ。

「ぱぱ、それはないわー。それはないとごるにもわかるわー」

それは無い？

んー、何だか良く分からないな。

「ところでゴルちゃん？　砂がついた手で食べ物に触っちゃダメだよ？　たとえ、ゴルちゃんのお皿はみんなとは別だとしてもね」

「えー！　べつにいいよー！　おなかこわしたことないしー！」

「うーん。お腹を壊すかもしれないからダメって話でさ。今までお腹を壊したことがあるかどうかって話じゃないんだよ」

「でも、ごるはおなかこわしたことないよ？」

「……だからね、壊すかもしれないって話なんだよ」

「でもこわれたことないよ？」

話が……通じない。

ゴルちゃんも悪気があるわけでなし、納得できないことには従えないっていう話なんだろうけど。

さて、これは困ったぞ。

どう言えば分かってくれるかな……と、そんなことを思っているとアメリアが立ち上がった。

「はいゴルちゃーん。おてて洗ってきましょうねー！」

底抜けの笑顔だった。

けれど、一切目の奥が笑っていない笑顔だった。

そしてアメリアはゴルちゃんに歩み寄り、その頭を両こぶしで挟んでグリグリし始めた。

「いたいー！　ままいたいよー！」

「つべこべ言わずに洗いましょうねー。我が家ではパパの言うことは絶対ですからねー。それと汚いのはママも嫌いですよー」

「ぱぱー！　たすけてー！」

そんな感じでゴルちゃんは水汲み場に強制連行されていったんだけど――

「……本当にお母さんみたいだな」

そう呟いて、僕は思わず笑ってしまった。

★☆★☆★☆★☆★

で、そんな感じで手を洗ったゴルちゃんが帰ってきたところで、僕はアメリアに話を切り出した。


「ところでさアメリア？」

「はい、何でしょうか？」

「ジャックさんは大商会の傘下ってことでね、それで僕は……領主としての立場で商取引の契約を結ぶことになるんだ。けど、どうやら妻帯していないと不味いらしいんだよね」

「妻帯……ですか？」

「うん、貴族相手の商習慣みたいなものらしくてね。ええと……例えば貴族の夫婦って、大体の場合は両家の政略結婚の結果だったりするわけじゃない？」

「まあ、そりゃそうですね」

「なので、領主なんかと契約する場合は家同士のつながりを担保にってことで、妻を保証人というか立会人に求めるのが普通らしいんだ」

「立会人？」

「うん。貴族って浪費癖のある人も多いし、借金踏み倒す人間が後を絶たなくてね。なまじ権力もあるものだから、大きな借金の証文取る場合は有力貴族に手数料を払って立会人になってもらうのが普通で……最低でも妻に立ち会いを求めるのが普通らしい」

「……なるほど。さすがに代金の踏み倒しは不名誉だし、社交界の世間体を担保にすると……そういうことですか？」

「そういうことだね。ただ、別に今回は借金の話でもないし、そこまで正式にやる必要もないって話なんだけど……書類上の都合が良いんだって」

「でも、私とヒロさん……結婚してないですよね？」

「だから、借金の話でもないし、正式にやる必要もないんだ。嘘でも何でも形だけで体裁を整えたいって話だね」

「でも、対外的に……夫婦と宣言するということですよね？」

「まあ、普通に考えて好きでもない人ってのは迷惑だよね。やっぱり僕から断っておくよ」

と、そう言ったところでゴルちゃんがニコニコ笑顔でアメリアに抱き着いてきたんだ。

「ままー！　がんがえー！」

ん？　頑張る？

頑張るって何のことなんだろうか。

子供の言うことって、イマイチ要領を得ないよね。

と、そんなことを考えていると、アメリアは何かを覚悟した様子でキュッと唇を結んで小さな声でこう言った。

「わ、私は……全然……構いませんけど？」

「え？」

「……」

「……」

「……一向に迷惑では……ありません」

「……そうなの？」

その問いかけに、彼女は勇気を振り絞るようにギュッと手を握った。

「……はい。そ、そりゃあ……好きでもない人とだったら……おっしゃる通りに……嫌……ですけど」

「……」

「……」

さあ、遂にハッキリ言ってしまったぞ……。

と、そんな感じでアメリアは僕の反応の一挙一動を窺っている。

その様子は不安が八割で、期待が二割といったところだろうか。

「……」

「……」

そうして僕はあっけらかんとした口調で、アメリアにペコリと頭を下げた。

「ありがとうアメリア。まあ……本当に形だけってことらしいから」

その瞬間、アメリアは拍子抜けしたように肩を落として、ゴルちゃんも同じく何とも言えない表情で溜息をついた。

「ぱぱ、それはないわー。それはないとごるにもわかるわー」

いや、でも……他にどう言って良いか分からなかったんだから仕方なくない？

けれど、これはちょっと困ったな。

前世では「鈍い」と散々っぱらに妹に言われていた僕でも——

——さすがに今回の反応で、アメリアの気持ちに気づいてしまった
やっぱ、このまま放置というわけにはいかないよね……男として。

そうして僕は「どうしたもんか」と頭を悩ませ始めてしまったのだった。

戦猫耳族の里に、威力的ご近所挨拶に行くことになりました

「旦那！　カツトジって奴はものすごい料理ですな！」

「うむ、まさかカツトジをもう一度食べられるとは……こりゃたまらん……たまらんのじゃー！　まあ、カツトジじゃなくてカツ丼の方が良かったがの」

「さすがです……ヒロさん！」

と、そんな感じで今日はジャックさんが来ているので、カツトジを作ってみた。

ちなみにカツトジっていうのは、カツ丼の上に載せる具材だけの食べ物のことだね。

「うまうまなんだよぱぱー！」

いつもどおりゴルちゃんもニッコリで嬉しそうで、僕も思わず頬が緩んでしまう。

やっぱり、料理を作ってみんなが美味しいって言ってくれたら本当に嬉しい。

「あ、古代龍さん？　一味もありますよ？　使いますか？」

っていうか、正確に言うとレッドチリパウダーなんだけどね。

すると、古代龍さんは露骨に顔をしかめて首を左右に振った。

「それはノーサンキューなのじゃ」

「ああ、辛いのダメですもんね」

「うむ。しかし、カツトジは甘くてしょっぱくて美味しいのう！　むろん、ソースのトンカツも我は好きじゃが！」

「あっしはこの衣に惚れましたわ！　どうやったらこんなにサクッとするもんなんですかね」

「ええ、それは私も気になります。ねえヒロさん？　どうやったらこんなにサクッと揚がるのですか？」

「二度揚げって言ってね、まあ……これも誰かの受け売りの技術をそのまま使ってるだけだよ」

いや、普通はカツトジはサクッとはしてないんだけど、美味しいところで食べたら本当にサクッとしてるんだよね。二度揚げだけじゃなくて、直前にカツと卵を閉じたりの工夫は施してるわけだけど。

そんな感じで食事会をワイワイやっていたところだね。

それで、あらかたカツトジを食べ終えたところで、ジャックさんが真面目な表情でこんな話をしてきた。

「ところで旦那？　屋敷の修理なんですがね、人里離れたこんな場所に大工仕事ができる連中を呼ぶのは……恐ろしく金がかかりますぜ？」

「う｜ん。そりゃあそうですよね。なんせ人里まで百キロくらい離れてますから」

と、そこでジャックさんはニコリと笑みを浮かべた。

「まあメデューサの瞳を売っぱらった金を使えば、アホほどお釣りがくるんですけどね！」

「え！　そうなんですか⁉」

「旦那のオーダー通りに手配は終えていやす。明日から大工連中がやってくるでしょうさ――大量の資材と一緒にね」

お願いしたのは少し前なので、ジャックさんは仕事が早いようだ。

もちろん、僕としてもいつまでも地下暮らしというわけにもいかなかったので、これは素直に嬉しい。

最終的には移民を受け入れたり開墾したりして、ちゃんとした村なり街を作っていく予定だし。

これで拠点づくりの目途も立ったということで、ここは僕も胸を撫でおろしてもいいところだろう。

で、そんな感じで地下での食事を終えて、地上に出たところで――森に視線を向けたアメリアの表情が険しく変わった。

「……ナーシャさん？」

はたして、そこには戦猫耳族《ワーキャット》の女の人が立っていたのだ。

年齢はアメリアより少し上で、十代半ばというよりは二十代手前というところだろうか。

「久しぶりねアメリア」

「追ってきたんですか？　私が無断で里を抜けたから……？」

「違うわ。誰も弱者のあなたのことなんか気にしちゃいないしね。私たちが危惧しているのは——そちらの男よ」

そのまま、ナーシャと呼ばれた女の人は僕を睨みつけてきた。

「戦猫耳族《ワーキャット》の女が人間の男と一緒に住んでいる。そのこと自体が問題なのよ」

「……何が問題っていうんですか？」

「人間は亜人を食い物にする種族よ。アメリアを懐柔して何をするつもりかしれないけれど……ロクなことになりはしないよね？」

うーん、やっぱり人間っていうのは戦猫耳族《ワーキャット》に相当に嫌われちゃっているみたいだね。

「僕はそんなことは絶対にしませんよ、むしろ、貴方たちの良き隣人になりたいですし」

「問答は無用！　百年前にこの土地を放棄させたときのように——武力で我々は貴様らを排除するわ！」

すると、森の中から狼のような魔獣が次々と飛び出してきた。

体高は三メートル程度で、とても大きい。

狼のように見えるけど、僕の知っている地球の狼とのサイズ差は明確だ。

「あれは……魔狼《まろう》？　どうやら里のみんなは本気で私たちを殺しに来てますね」

「魔狼？」

「ええ、狩猟にも使いますが主目的は戦闘用です」

魔狼の数は――十を優に超える。

対するこちらの人数は子供のゴルちゃんを入れても五人で、頭数は相手の方が倍以上となるわけか。

「あはは！　初手で戦力差を見せつけるのは戦の基本！　恐れおののき無様に敗走を胸に刻みなさい！　この森は人間のモノではない――私たちのモノだとね！」

これは不味いぞ……。

と、僕が歯ぎしりをしたその時、ゴルちゃんが叫んだ。

「ぱぱとままをいじめるなー！」

金龍化したゴルちゃんが魔狼たちに飛びかかっていった。

で、続けざまに僕の横で古代龍さんまでもが巨大化していた。

「ゴル！　今こそあれをやる時じゃ！」

「わかったよおいちゃん！」

そうしてゴルちゃんは大きく大きく息を吸い込んだ。


「金色咆哮《ドラグズシャイニング》！」

そして、その口から放たれるのは巨大な炎。

否、エネルギー粒子砲という言葉が良く似合うような、レーザービーム的な何かだった。

そのまま魔狼たちの間をレーザービームはすり抜け、遥か彼方の森の中へと消え去っていく。

そして数秒の後――


――ちゅどーん！


ハリウッド級の大爆発というか、戦争記録の映画っぽいというか……。

そんな感じの超爆発が遥か遠方で発生し、少し遅れて爆音が轟《とどろ》いてきた。

ってか、おいおい……ゴルちゃん……マジで……？

――マジでそんなに強かったの？

いや、ゴルちゃんの戦歴は知っているけれど、見た目はあんなに可愛いし……戦闘を間近に見るまで……どうにも実感が……。

でも、どうやらマジだったらしいねこれは。

だって、向こうの方の山がハゲ山みたいになってるんだもん。

「こ……これは……伝説の……金龍の……咆哮……？」

で、その場でフリーズしてしまったのはナーシャさんだ。

彼女はただただその場で目を見開いて、呆然とした表情を浮かべている。

続けざま、更に僕の横からもう一本、古代龍さんからレーザービーム的な何かが放たれる。

そしてやっぱり、戦争記録映画みたいな感じで超爆発と共に爆音が轟いた。

まあ、さすがにゴルちゃんのやつよりも古代龍さんの爆発の方が何倍も大きいね。

「銀龍の咆哮も忘れてもらっては困るのじゃがな？」

その言葉を受け、ナーシャさんはその場でヘナヘナとへたりこんだ。

「馬鹿……な……金龍と銀龍の……揃い踏み……だと？」

「圧倒的戦力差を見せつけるのが戦の基本なのじゃろ？　こちらもソレをさせてもらっただけじゃ」

「くっ……」

もはやナーシャさんは完全に戦意を喪失している。

魔狼たちも一斉にその場に寝転がってこちらに腹を見せて服従のポーズを取っているしね。

まあ、ハタから見ていてもゴルちゃんと古代龍さんのレーザービームって……とんでもなかったもんね。

「しかし戦猫耳《ワーキャット》の女よ。貴様等とは話ができんこともなかろう？」

「話？」

「貴様は確かに敗走を刻めと言っておった。つまり――我らを殺すのが目的ではあるまい？あくまでも、貴様らの目的は勢力圏からの人間の排除じゃ。違うか？」

「それは……そうだが……」

「ってことで、行くぞ……ヒロよ」

「え⁉　行くって、どこにですか古代龍さん⁉」

「戦猫耳族《ワーキャット》の里じゃ！　圧倒的戦力差を背景にした──初めてのご近所挨拶という奴じゃの！」

いやいや、圧倒的戦力差を背景にしたご近所挨拶とか意味が分からないよ⁉

と、その時──。

「話は聞かせてもらいましたぜお頭！」

「あっしらスミノフ山賊団──総員二十名、たった今お頭と合流しやす！」

「ひさしぶりだなヒロの旦那！」

「スミノフさん……？」

と、弓を持ったスミノフさんが森の中から現れ、こちらにゆっくりと歩いてきた。

そしてそれを見てアメリアは「はっ！」と息を呑んだ。

「それはアルテミスの……弓？」

「いやあ、俺等はとにかくみなぎっててよ。ミノタウロスが守護する面白そうなダンジョン見つけたから走破してきちまったんだ。これは土産の戦利品ってやつよ」

ええと、アルテミスの弓って確か……。

【千里眼】のスキルが与えられるとかいう、戦猫耳族《ワーキャット》の神器だよね？

これって、財宝を盗んできちゃったとか、そういうノリだよね？

「ともかくそこの姉ちゃん！　俺たちを戦猫耳《ワーキャット》の里に案内しやがれ！　さあ、みんな！　いきなり襲い掛かってくるような無礼者相手に、お頭の顔と恐怖を刻みつけにいくぜ！　あと――ついでにアメリアの嬢ちゃんの凱旋だっ！」

いや、恐怖を刻みつけにって……。

確かに襲い掛かってきたのは向こうだけど、こっちも神器盗んじゃってるし……。

戦争理由も完璧に仕上がっているような気も……しないでも……ないような……。

と、そこで先ほどのスミノフさんの言葉を受けて、何やら他の荒くれ者たちが口々に大声を出し始める。

「さあ、カチコミじゃああ！　お頭の力を見せつけるぞおお！」

「カチコミじゃあああ！　お頭に歯向かう連中に恐怖を刻むんじゃあああ！」

「いくぞごるあああああああ！」

で、古代龍さんも鼻息を荒くしてゴルちゃんにこう語り掛けた。

「さあ、行くぞゴル！　今こそ特訓の成果を試す時――威力的ご近所挨拶じゃ！」

「おっけーおいちゃーん！」

威力的ご近所挨拶って……。

威力偵察じゃないんだからさ……っていうか、完全に戦争用語を使ってしまっているじゃないか。

ってか、いやいやいやいや、何か勝手に盛り上がっているけどさ。

これって絶対にご近所挨拶とか、そういうノリじゃないよね？　これって絶対どう考えても――

――山賊の村襲撃とかそういうノリだよね⁉

と、そんな感じで妙に盛り上がっているみんなを横目に、僕は「とほほ」と溜息をついたのだった。

★☆★☆★☆★☆★

深い大森林の道を行く。

なし崩し的にではあるけれど、僕たちは元山賊団のみんなと戦猫耳族《ワーキャット》の里に向かうことになってしまった。

「ヒロさん！　眼鏡もアルテミスの弓も揃いました！　これで武芸大会もバッチリですね！」

「うん、それについては良かったね」

いや、戦闘チームの面々が戦争みたいなノリになっているのは、困っているところではあるんだけどね。

ともかく、本当にそこについてだけは良かった。

氷の眼鏡だけで武芸大会を突破できる感じだったところに合わせて、もう一つの視力強化アイテムも手に入ったしね。

これでアメリアの視力対策はバッチリだろう。

と、そこで僕は何かを抱いてゴルちゃんがご機嫌な様子になっていることに気が付いた。

「ん？　ゴルちゃんは何かいいことあったの？」

「さっきのおおかみさんね、なんかひとりかわいいこがいたのー！」

見てみると、ゴルちゃんは子犬……というか子供の狼を抱いていたのだ。

「ねー、ぱぱー！　わんちゃんかいたいー！　かってもいいー？」

「アメリア？　魔狼っていうのは飼いやすいの？」

「ええ、犬を更に賢くして強くしたような感じと思ってもらえれば。厳しく躾ければ狩猟や見張り役として有用ですし、あるいは愛情を持って接すれば家族というか、群れとして認識してくれます。尻尾を振ってる姿とかも可愛いですよ」

番犬としてもペットとしても優秀ってことか。

うーん、どうしようかな。

「良し、それじゃあ家に連れて帰ろうかゴルちゃん」

「やったー！　ありがとーぱぱー！」

天使のような笑みだったので、思わず僕はゴルちゃんの頭をワシワシと撫でてしまった。

で、ゴルちゃんは子狼をギュッと抱きしめて、幸せそうに頬を擦り付ける。

人化した古代龍さんもゴルちゃんが可愛くて仕方ないらしく、ニコニコ笑顔だしね。

いやー、平和でほのぼのする光景だよね。そう――

――周囲に元山賊団のみんながいなければ

っていうか、完全に殴り込みみたいなノリになっていて、みんな目もマジなんだよね。

「ヒロさん……でも、この子供の魔狼は少し変です」

「ん？　変って言うと？」

「額の部分の毛だけが白いんですよ。これって……突然変異のユニーク個体だと思います」

「ユニーク個体？」

「ええ、メデューサのように通常の魔物の進化系統から外れた個体ですね。魔狼の最終進化形は大魔狼というそのまんまな名前なのですが、この子はケルベロス系統の進化軸の個体だと思います」

ケルベロス……か。

ゲームとかでは強キャラの定番だよね。

「ってことは、最終的には成長した金成龍のゴルちゃんとケルベロスがタッグを組む形になるわけか」

「そうなれば一国を攻め滅ぼすことすら可能な戦力となります。さすがですね――ヒロさん」

「いや、戦争系はノーサンキューだよ⁉」

そういえばアメリアも元々は脳筋系の種族の出身だったたな……何だか嬉しそうだし。

ひょっとすると、この一団の中で平和主義者は僕だけなのかもしれない。

と、そんなこんなで僕たちは戦猫耳《ワーキャット》の里への道を急いだのだった。

★☆★☆★☆★☆★

「戦猫耳《ワーキャット》族の里はもうすぐですよ！」

先導するアメリアの言葉に「いよおおっしゃああ！」と、元山賊さんたちのグループから野太い声が聞こえてきた。

と、そこで僕も慌ててみんなにこう言って聞かせた。

「みなさん！　何度も言ってますけど戦争しに行くんじゃないんですからね！　ご近所挨拶に行くんですからね！」

しかし、ドンパチが始まりそうになった時、この人たちって言うことを聞いてくれるんだろうかと不安になってくるね。

今回の勝利条件はご近所挨拶を友好的に終わらせて、アメリアが武芸大会で好成績を収めて一件落着っていうことだ。

そこには、物理的に戦猫耳族《ワーキャット》の里を攻め滅ぼしたりっていう工程は一切入っていないんだけど……。

「武芸大会の方はバッチリそうなんだけどなぁ……」

肩を落としてアメリアにそう言うと、彼女は首を左右に振った。

「ヒロさん……そこなんですが、実は問題があるのです」

「問題？」

アメリアは自分の瞳を指さして、憂鬱げに溜息をついた。

「私はこの近眼のせいで、昨年の武芸大会の弓で最下位の成績だったのです」

「うん、それで？」

「戦猫耳《ワーキャット》は強者を尊びます。武道大会には強者しか出られません。つまりは出場する時点で栄誉なのですよ。去年はそれまでの戦績から私の出場は認められましたが、はたして今の私が手を挙げたとして出場が認められるのかどうかは……」

「うーん。そういう風に聞くと確かに難しいかもしれないね。でも、そこは話をするしかないだろう」

「まあ、ご近所挨拶の方は上手くいくと思いますよ」

「僕としてはそっちの方が心配なんだよね。戦猫耳《ワーキャット》族の人たちは人間に対する敵意も凄いしさ。アメリアの件は……イザとなったら眼鏡かアルテミスの弓を使った上で実力を見せれば何とかなるだろうし」

と、そこでようやく目的地に到着したようで、森の道の視界が開けて集落が見えてきたのだった。

★☆★☆★☆★☆★

はたして――。

そこは森林要塞といった感じの里だった。

イバラ付きの木柵で囲まれているし、竹槍付きの外堀なんかも見えるね。

人間対策なのか、対馬用の杭なんかもあるようだ。

「思いっきり外敵を警戒してる感じの防備だね」

「私が生まれる遥か前、人間による森の亜人の奴隷狩りが始まって……ヒロさんの先代の領主の頃には血で血を争う戦闘ばかりだったという話ですからね」

そもそも、この土地が見捨てられた理由の一つ。

そこには亜人による襲撃というのがあったんだよね。

実際に、こちらの記録では亜人による一方的なゲリラやテロ活動みたいな感じで悪者にされていた。

けど、話を聞く限りは先に手を出したのは人間側で間違いが無さそうだ。

「やっぱり人間と戦猫耳族《ワーキャット》の確執は深いってことだね。と、なると、いよいよご近所挨拶が上手くいくかどうか不安になってきたぞ」

「いや、そこは戦猫耳族《ワーキャット》は強者を崇拝する一族なので……。古代龍様の御威光があればこちらに敵対しようとは思わないはずです」

「うーん、そんな単純にいくものなのかな?」

「いや、単純にいきますよ。強者と蛮勇は違うと、そのことはみんなわきまえていますし」

その時、柵の上に建造されているいくつもの物見台に人影が見えた。

良く見ると、弓を持った戦猫耳族《ワーキャット》がゾロゾロと上がってきていて、いよいよ戦闘に突入ということらしい。

「やっぱり一筋縄ではいかなそうだ！　ほら、弓を持った人たちがこっちを狙っている！」

僕がそう叫んだところで、スミノフさんは「任せておけ」とばかりにドンと胸を叩いた。

「戦闘なら俺たちとドラゴンの旦那の仕事だ！　ヒロの旦那は下がってくだせぇ！」

「絶対にこっちから手を出しちゃダメですよ⁉」

と、スミノフさんたちは渋々とその場で立ち止まり、警戒しながらの様子見の姿勢を取った。

そして僕もその場で立ち止まって相手の様子を観察する。

しばらく様子を窺う限り、相手もこちらを睨みつけてきているけれど……矢は飛んでこない。

どうにも、問答無用という状況ではなさそうだ。

互いが互いに出方を窺っているという感じだね。

と、しばしの睨み合いが続いたところで、里の入口と思わしき場所の柵が開いた。

そして、三十人程度——完全武装の戦猫耳族《ワーキャット》の人たちがこちらに向けてゆっくりと進んでくる。

──切り込んでくるつもりか？


いや、それにしては弓矢の援護もない。

一体全体、どういうつもりなんだろう。

そう思ったその時、アメリアが小さな声で耳打ちしてきたんだ。

「あの銀髪の方……あれは……大長様です」

アメリアの指さす先──。

はたして、そこには長身の獣耳の女性がいたわけだ。

スラリとした長い手足に、鋭い眼光……そして、武装も何だか歴戦の戦士って感じだ。

なるほど、確かに只者ではない気配を感じる。

「あの一団の真ん中の人？　戦猫耳族《ワーキャット》の一番偉い人ってことで良いのかな？」

「ええ、戦猫耳族《ワーキャット》の中で最も強く、勇敢で、そして血気盛んな人です」

血気盛んだって？

くっそ……。

どうしてあっちにもこっちにも、そんな人ばかりがいるんだろうか……。

僕は話し合いがしたいだけなのに。

そんなことを思っているその時、アメリアが言うところの大長さんがこちらに大声で呼びかけてきた。

「ふはは！　我ら戦猫耳族《ワーキャット》の領域にその人数で入ってくるとは、身の程知らずの愚かな人間どもよ！　我らは貴様らをこの場で血祭りにし、力を示して――」

ああ、やっぱり触れ込み通りに血気盛んな感じだぞ！

元山賊さんたちも色めき立っているし、こちらの最大戦力の二人も龍の唸り声をあげてしまっている！

と、そこで、ゴルちゃんと古代龍さんが龍化した上で巨大化した。

んでもって、スミノフさんは弓も使えるのか、アルテミスの弓を構えて大長さんに狙いをつけた。

まさに事態は一触即発。頼むから戦争にはならないで……。

と、僕が天に祈りを捧げたその時、大長さんはやれやれとばかりに肩をすくめた。

「ふふ、金龍に銀龍……そして神器アルテミスの弓か。どうやら貴様らは、我らがアルテミス神殿――聖域を踏破して神器を持ち帰ったようだな。なるほど、これは舐めた真似をしてくれおる」

あ、これってやっぱりダメなやつなんじゃないかな？

スミノフさんからしたらただのダンジョン探索だけど、向こうからしたら聖域を荒らした盗賊って認識だろうし。

それにさっきのナーシャさんと違って、大長さんはゴルちゃんと古代龍さんを見ても欠片もビビった様子もないし……。

これはやはり、戦猫耳族《ワーキャット》の中で最も勇敢であるという触れ込みに偽りはなさそうだ。

「アメリア！　やっぱりダメっぽいよ！　やる気満々な感じで――古代龍さんを見せれば何とかなるとか、そんな単純じゃなさそうだよ！」

と、そこで戦猫耳族《ワーキャット》の大長さんはその場で立ち止まり、僕に向けてこう語り掛けてきた。

「貴様がそちらのトップか？」

「ええ、そういうことになっているみたいです」

「私は戦猫耳族《ワーキャット》の大長：エメラルダだ。貴様も名を名乗れ！」

「僕はヒロ……この地域の領主：ヒロ＝ローズウェルです」

「人間の領主？　なるほど、貴様がここにいるということは先鋒のナーシャは敗れたようだな。ならば我々は既に交戦状態。故に……私は勇猛果敢かつ全身全霊をもって貴様に――」

そうしてエメラルダさんはその場で膝をついて、大声でこう叫んだ。

「――土下座で謝罪するっ！　先制攻撃を仕掛けたこと……断固として謝る！　そして、貴様らには勝てんと認める！　全力で――認めるっ！　どうだ、これで文句はあるまいっ！」

あまりに綺麗な土下座だったので、僕はその場でフリーズしてしまった。

そして、大長さんのお付きの三十人も一斉にこちらに向けて土下座した。

更に、物見台の上の人たち全員までもが一斉にこちらへ土下座の姿勢を取ったんだ。

なんていうか、北朝鮮のマスゲームばりに一糸乱れぬ動きで、土下座されているこちらが威圧されてしまうような……そんな綺麗な土下座だった。

そして固まる僕にアメリアが「ね、単純でしょう?」と笑って言葉をかけてきた。

「うん、どうやら本当に単純だったみたいだね」

と、呆気に取られながらも、僕は小さく頷いたのだった。

★☆★☆★☆★☆★

「銀龍、金龍、そしてアルテミスを取得せし強者。このどれか一つだけでも我らは降伏せざるを得ないというのに……その全部を揃えてくるとは……な」

「は、話しにくいので、まずは頭上げてください」

土下座したままの大長さんに、僕は慌てて立つように促した。

で、とりあえず頭は上げてくれたんだけど、彼女はその場で座ったままの状態までは崩してくれない。

どうやら、敗者であることを明確にするために、地面から動くつもりは無いようだ。

「それと、金龍と銀龍は分かるんですが……何故にアルテミスの弓を持つ者が降伏対象なんですか？」

戦猫耳族《ワーキャット》の里では、アルテミスの弓を神殿から取ってくるのが強者選別試験だと以前にアメリアが言っていた。

けれど、いくらなんでもただそれだけをもって降伏の対象ってのはおかしい気がするんだよね。

「アルテミス神殿は聖域が故に……な。あの場所は戦猫耳族《ワーキャット》にだけステータスバフの神の加護が入るのだ。逆に言えば、あの場では他の種族では強烈なステータス減衰のデバフがかかるということだ」

「……と、おっしゃいますと？」

「つまり、貴様らは凶悪なデバフの下で守護獣ミノタウロスを倒したということで……我々にどうこうできる戦力ではないということだ」

「ん？　ちょっと待ってくれ、ヒロの旦那」

「どうしたんですかスミノフさん？」

「あのダンジョンを攻略した時、俺らは別にデバフにかかったりして無いぜ？　ずっとみなぎってたしな」

「うーん。じゃあ、僕の強化スキルはデバフ無効ってことなんでしょうか？」

その言葉を受けて、信じられないとばかりにアメリアが大口を開いた。

「古今東西、デバフ無効なんてスキルは聞いたことありませんよ？　いや、でもそうとしか考えられませんし……さすがはヒロさんってことでしょうか」

「違いねえ。やっぱヒロの旦那は本当にとんでもねえや！」

と、そこで大長のエメラルダさんは足を崩してあぐらをかいて、両手を大きく広げた。

「ともかく私は敗軍の将。先に攻撃を仕掛けたのもこちら側――さあ、煮るなり焼くなり好きにするが良い。ただし、非戦闘員の命だけは見逃してくれ。それが無条件降伏の条件だ！」

「いや、煮るのも焼くのもしないですけどね。こちらは友好関係を築こうとしているだけですし」

「ならば、貴様は我が里に人間に対する鎖国を解き……懲罰的な……、いや、奴隷的な交易条件でも呑ませるつもりか？」

その言葉を聞いて、任せておけとばかりに行商人のジャックさんが胸を叩いた。

「では、ここはあっしが、搾り取りの交易契約の条件でも詰めさせてもらいましょうかね」

ジャックさんが悪い顔をして、ニヤリって感じで笑っている。

あ、この人……そういうこともできる人みたいだ。

と、僕はマッハの速度で首を左右に振った。

「いやいやいや、それはダメですってジャックさん！」

「しかし旦那？　このままチャラってのもおかしい話ですぜ？　先に攻撃受けてるのはこっちなんですから」

「いや、それを言うなら遥か昔に奴隷狩りなんて無茶をやっていた人間が先だよ。そこでエメラルダさん……こちらから落としどころの提案があるのですが――」

「落としどころの提案だと？」

「まずは僕たちは戦猫耳族《ワーキャット》の里と不戦協約と友好協定を結びたいんです。本当に僕はご挨拶に来ただけですから。それと……明日、戦猫耳族《ワーキャット》の武芸大会があるんですよね？　そこにアメリアを参加させてほしいんです。こちらから提示する落としどころはそれだけです」

「不戦と友好は約束しよう。戦力的に言ってこちらに拒否権もないし、害意が無いというのが本当ならば……我らは争いよりは共存を望む。しかしアメリアを武芸大会に？　何が狙いだ？」

「狙いなんてなくて、ただアメリアの希望を叶えたいだけなんですよ。難しいでしょうか？」

「いや、そのこと自体は問題無い。例えば、友好種族のエルフからもゲストとして武芸大会の出場枠があるし、隣人となる以上は貴様たちにもその枠がある。つまり、戦猫耳族《ワーキャット》としてではなく領主ヒロからの推薦枠として考えれば……何の問題もないのだ」

「なら、決まりですね」

と、そこで不思議そうにというか、拍子抜けした表情でエメラルダさんは小首を傾げた。

「時に領主ヒロよ――そんなことで全てを水に流してくれるのか？　先に仕掛けたのはこちらだぞ？」

「僕はケンカをしにきたわけじゃありません。それにさっきも言いましたが、元々は人間が貴女たちを迫害してきたのでしょう？　なら、これはお互い様なんです」

「……」

「敵対に敵対で返していては、どちらかが全滅するまで終わりませんよ。どこかで誰かが笑って流す……そういう風にしないとね」

そして僕はエメラルダさんに向けて右手を差し出し、ニコリと笑った。

「ここらで……過去の遺恨から何から、全部流して良き隣人になりませんか？」

「良き隣人……か」

エメラルダさんは小声でそう呟くと、フンッと小さく鼻を鳴らした。

「どうやら本気で言っておるようだな。ならば私もこう回答しよう。全てを水に流すかどうかはこれからの我々の交流次第だと……な」

そう言って僕たちは握手をして、続いてエメラルダさんはアメリアに向き直った。

「時にアメリア？　出場は認めるが、昨年のように無様に生き恥を晒すだけではないのか？

良策とは……とても思えんが」

するとアメリアは向こう側に見える、イバラの柵を指さした。

「あちらの的を使っても良いでしょうか？」

イバラの柵には、弓矢の練習用と思わしき的が設置されていた。

的は小さく、距離も遠い。ここからだと百メートルは離れている。

「ヒロさん、眼鏡をお願いします」

ああ、そういうことねと、僕は眼鏡のフレームをアメリアに差し出した。

すぐにアメリアが眼鏡を装着して、僕は眼鏡に魔法を行使する。

フレームに透明な氷を張って、少しずつ、少しずつ削っていって——おおよそ三十秒程度の時間の後、アメリア用の眼鏡が完成した。

初めて作った時には十分くらいかかっていたんだけど、今は慣れたものだからこれくらいの時間で何とかなるんだよね。

「見ていてください。大長様」

そう言うとアメリアは的に向けて弓を構えた。

「アルテミスの弓なら分かる。が、そのような面妖な道具で……近眼が何とかなるとでもいうのかアメリアよ」

問いかけには答えず、アメリアは矢継ぎ早に的に向けて——矢を連射していく。

トントントンと小さな音がこちらにまで聞こえてきて、元山賊団のみんなが感嘆の声をあげた。

「こりゃすげえ！」

「何ていう早業だ！」

「しかも全部ド真ん中だぜ！」

言葉通りに全ての矢が、的の真ん中に吸い込まれていった。

それを見て、ただただ驚いたという風に大長さんは目を見開いた。

「その眼鏡とやらはアルテミスの【千里眼】のスキルを持つ……と？　そのような神器が他にもあるとは、とても信じられん」

「いいえ、これはアルテミスの弓のように、神が作りし神器ではありません」

「ふむ？　ならばどういうことだアメリアよ」

「これは人の業《わざ》――いうなればヒロさんが作った《人器》ですよ」

★☆★☆★☆★☆★

大長さんからみんなへの説明を終え、僕たちは里の中に入ることを許された。

里の中には樹木を加工した家が建ち並び、樹木のマンションという風な呼び方が良く似合うような場所だった。

ツリーハウスというのが近いのかな？

ありのままの大樹を利用して、板をつけたりで加工とか、そんな感じ。

で、樹木の間をつなぐ階段とか回廊とかが無数にあったりして、里の中は木漏れ日の中の迷路みたいな状況になっている。

この世界に来てから貴族の屋敷の中の光景ばかりだった。

なので、いわゆるファンタジーっぽい文化……ということで、思わず僕は息を呑んでしまった。

まあ、そんな感じでエメラルダさんの先導の下、宿に向かう僕たちだったんだけど――

樹木の階段を上って、広い踊り場に出たところで、周囲から黄色い歓声が上がった。

「きゃー！　凄いイケメンがいるわ！」

「イケメンよー！　イケてるメンズよー！」

獣猫耳族《ワーキャット》の若い女の子が騒いでいるんだけど、はてさてどういうことだと思案する。

と、いうのも彼女たちの視線の先はスミノフさんだったんだ。

いや、スミノフさんを不細工とは言わないけれど、山賊の頭領そのままのスタイルだから……。

　顔だけ見ると渋い系のオジサンと取れなくもない。けれど……マッチョ過ぎてイケメンというには語弊があるように思う。

　そこで、僕の視線に気づいたのかスミノフさんは「ガハハ」と笑った。

「不思議そうな顔をしてるな、ヒロの旦那」

「はは、それはまあ……」

「こう見えても、俺はけっこうモテるんだ」

　再度「ガハハ」と笑ってスミノフさんは言葉を続けた。

「このガタイだろ？　マッチョ好きってのはどの種族にも一定数存在するし、強き種理論っつーのかな……強者イコールでカッコイイみたいな亜人からはそりゃあもうモテモテよ！」

　なるほど。

　確かに、現代の日本でもラグビー部とかアメフト部系が好きな女の人が一定割合存在するのは否定できない。

　そして、続けてゴルちゃんを見て、黄色い歓声が大きなものになった。

「幼女よ！」

「金髪幼女よ！」

「可愛いー！　ナデナデしたーい！」

まあ、ゴルちゃんは問答無用で可愛い。

可愛いは正義というのは、種族やらの壁を簡単に乗り越えるということだろう。

そうして、途中見つけた屋台で、串焼き肉を買うと言って遅れてやってきていた古代龍さんが踊り場にやってきたその時、歓声は最高潮になった。

「イケメンよ！　本物のイケメンよ！」

「強者の香りもハンパないわ！」

「細マッチョよ！　イケメン細マッチョよ！」

スミノフさんは「やれやれだ」と苦笑いしているし、当の古代龍さんは彼女たちをガン無視して串焼きをモグモグやっている。

どうやら、古代龍さんは女性に興味はないようだ。

っていうか、こういう感じでキャーキャー言われるのは慣れっこなのかもしれない。

本物のイケメンだしね。

「ところでヒロよ？」

「どうしたんですか、古代龍さん？」

そう尋ねると、古代龍さんは露骨に顔をしかめてこう言った。

「この串焼きなのじゃが……我はもう要らん故、食べてくれんか？」

「え？　それはどうして？」

「見た目が焼き鳥というか、テリヤキな感じじゃったので食指が動いたのじゃが……お主の和風料理のほうが万倍美味いのじゃ」

どれどれとばかりに串焼きを貰って食べてみる。

「うーむ……」

確かに、焼き鳥っぽくはない。

何て言うんだろう……絶望的に砂糖、あるいは味醂成分が足りていない。

不味くはないんだけど、日本の焼き鳥をイメージして食べるとそりゃあ「コレジャナイ」となる感じ。

「生活習慣病も恐ろしいのでのう。こんな不味いものでカロリーは摂取したくないのじゃ。お主の料理なら我は高血圧でも糖尿病でも――断固として受け入れるがの！」

「いや、受け入れないでください」

しかし、見た目イケメンなのに……その口から糖尿病というパワーワードが発せられると、僕としてはやはり衝撃を受けざるを得ない。

「それでは、領主ヒロよ――そろそろ向かおうか」

「ところでエメラルダさん？　宿ってのはどこにあるんですか？」

「もうすぐそこだ。領主ヒロについてはＶＩＰ待遇で貴賓室、他の面々についても余っている部屋の上等なものから割り当てるので安心するが良い」

貴賓室……。どうやら、エメラルダさんは僕たちと本当に良い関係を築きたいらしい。

「里をあげての賓客と皆には言い聞かせる。領主ヒロも部下が粗相をしないように言っておいてくれ。最大限の敬意を示せと指示する以上、私のメンツにも関わるのだからな」

そう言うとエメラルダさんはニコリと笑ったのだった。

★☆★☆★☆★☆★

そうして僕たちは樹木の回廊を歩いて、現代建築で言うと四階くらいの高さにある部屋に通されることになった。

「ここは……本当に貴賓室ですね」

用意された部屋に入るや否や、アメリアは感嘆の声をあげる。

「貴賓室ってのは具体的にはどういう扱いの人が泊るものなの？」

「エルフやドワーフなどの友好関係を結んでいる王族のみが宿泊することを許された部屋なんです！　これって凄いことですよ！」

まあ、確かに内装は豪華だね。

金銀財宝や芸術品が置いてある……という感じではない。

けれど、調度品からベッドから何から何まで品がある感じだ。

で、対外的には僕とアメリアは夫婦ということなので、同じ部屋に通されている。

「わー！　ぱぱー！　べっどふかふかだよー！」

ちなみにゴルちゃんは事実として義理の娘ということなので、ゴルちゃんも同じ部屋になる。

いや、しかしゴルちゃんがいて良かったよ。

二人だけで夫婦として部屋に入れられていたら、アメリアがこの前からやたらグイグイ来ている関係上、気まずい感じになっていただろうしね。

そうしてゴルちゃんがペットのケルベロスの幼体……ベロちゃんと共に、「子供あるあるのお約束——ベッドでぴょんぴょんに興じている時、ドアにノックの音がした。

「お姉さま……ここはアメリアお姉さまの部屋で良いのでしょうか？」

その声を聞いてアメリアはドア越しに弾んだ声をあげた。

「エメリア……エメリアなの⁉」

「はい、お姉さま！　本当に戻られたんですね！」

アメリアとエメリアって……分かりにくい名前だね。

いや、ある意味分かりやすいっちゃあ分かりやすいけどさ。

ま、アメリアが妹の無理矢理の結婚を止めるために里を出たのが一か月前だから、久しぶりの再会ってところだ。

なのでここは僕はこう言っておくべきだろう。

「アメリア？　席をはずそうか？」

「いえ、良いんですヒロさん。それよりもお願いが……あるんです」

「お願い？」

「眼鏡に氷魔法をかけてほしいんです」

「ああ、そういうことか。もちろん良いよ」

一メートルの距離でも、ボヤけてまともに顔を見られないって話だからね。

アメリアが近眼になったのは二年ほど前の話ということで、そりゃあ妹の顔を久しぶりにちゃんと見たいだろう。

そうして先ほどと同じく僕は氷魔法を発動させたわけなんだけど——

「でも、本当に凄いですねヒロさんは。凸レンズとか凹レンズとか……私には理屈が全然分からないんです」

「眼鏡の目の側にある氷を削って、凹ませる形でカーブを作るだけだよ。別に僕がやらなくてもアメリアでもできるんだよ？」

「いや、こんなの凄すぎてヒロさんくらいにしかできないですよ」

「そんなことないんだけどなあ……」

まあ、最初に難しい説明をしたのは僕も悪かった部分はある。

あれ以来、アメリアは眼鏡を「自分には絶対に分からない未知の神の業」という風に認識してしまっているからね。

自分で難易度のハードルを極限まで上げちゃっているもんだから、最初から「手に負えないモノ」としてチャレンジの意欲を失っちゃっているんだ。

「難しいことは私には分かりませんからね。しかし、いつもお願いするのが迷惑というなら、分からないなりに練習しますけど……どうしましょうか？」

「迷惑でもないんだけど……まあ、自分でできるようにはなった方が良いと思うよ。今後のためにもね」

「でも、この里にいる間くらいはお願いしたいんです。私はヒロさんが私のために何かをしてくれるっていうことが嬉しかったりしますから。この眼鏡はヒロさんと私の絆……そんな気がするんです」

「……」

「……」

やっぱりアメリアって、グイグイ来てるよね。

僕としても、いい加減に彼女の好意に対してどうするかは決めなきゃいけないわけなんだけど……まあ、そろそろ覚悟と結論を決めなくてはならない時期に来ているだろう。

そもそも、猫耳のアメリアは僕の好みにドンピシャであるわけだし。

「はい、できたよアメリア」

「ありがとうございます！　やっぱりちゃんと見えます！」

そうしてアメリアは小走りでドアへと向かって、妹を迎え入れた。

で、アメリアは妹と対面するや否や、その場で立ち止まって急に背中を震わせてしまった。

「どうしたんだいアメリア？」

と、そこで僕は彼女の頬に涙が流れていることに気が付いた。

「妹が……エメリアが二年で……こんなに大人の顔になってて……なんだか急に……胸が熱くなってしまって……」

「……」

「なんか私……眼鏡かけると泣いてばっかりですね」

「泣きたいときは泣けば良いさ」

「本当にありがとうございます。ヒロさん」

アメリアは手の甲で涙を拭いて、泣き笑いの表情でそう言ったのだった。

★☆★☆★☆★☆★

「アルテミスの弓と眼鏡が禁止ですって？」

大会当日の朝、直前になって大長のエメラルダさんがそんなことを伝えに僕たちの部屋にやってきた。

「ああ、その通りだアメリアよ」

「いや、でも急にそんなことを言われても納得がいきません！」

「そのことなのだがな……アルテミスの弓を貴様が持ち帰ったとあれば、私も何も言わん」

「……正当な手続きでの所有ではないので、アルテミスの弓の使用は認められないと？」

「その通りだ。過去の大会の例からもアルテミスの弓の使用者はいた。しかし、それは神殿から自身で持ち帰った勇者たちだ。アルテミスの弓は我々の神器――ルールに則り自分で勝ち取ったものでなければ、使用を認めるわけにもいかんのでな」

「アルテミスの弓の使用については分かりました。しかし、眼鏡は違うんじゃないでしょうか？」

「それも借り物の力ではないのか？　眼鏡を貴様が作れるというのであればそれも何も言わん。しかし――それは人族の領主……ヒロの力であって、出場者である貴様の力ではなかろう？」

「しかし……」

「武芸大会は戦猫耳族《ワーキャット》の力試しの儀だ。そしてその力とは――戦場が想定されるということは知っているな？」

「……はい」

「なら、貴様は眼鏡を自身で作り出せるのか？　戦場で同じことを自身で再現できねば、それはやはり大会の趣旨と反するわけだ。人族の領主：ヒロの力を貴様の力と認めるわけにはいかん」

そしてエメラルダさんはアメリアの顔に手をやり、丁寧な仕草で眼鏡を手に取った。

「ともかく持ち込みの武器や道具の使用は禁止だ。この眼鏡も預からせてもらう」

さて、困ったな。

エメラルダさんの言っていることの理屈も通っている風に聞こえるし。

それに、この大会は部族の誇りというか、そういうものを賭けたモノでもあるんだろう。

なら、理屈をぶっちぎってまで荒らすような形にもしたくない。

けれど、重度の近眼のままで弓を使用して、アメリアに勝ちの目があるとは思えないし……。

「……エメラルダさん。持ち込みの許可を願いたいものがあります」

急いで荷物を解いて、僕はエメラルダさんに手に持った荷物を差し出した。

「こちらの物品の使用は問題ありませんよね？」

「ん？　それは……紙と……針と……紐？」

「アメリア自身の手で工作して眼鏡の代わりを作ってもらいます。自分で作るなら問題ないでしょう?」

その問いかけに、エメラルダさんは大きく頷いた。

「戦場で単独で再現可能なことであれば、何も規則には違反しない。構わんぞ」

★☆★☆★☆★☆★

さて、いよいよ始まった武芸大会。

戦猫耳族《ワーキャット》の武芸は弓術に重きが置かれている。

大会でも素手での肉弾格闘、槍術、そして大トリに弓術という順番となるわけだ。

ちなみに、弓術が重用されるのは、戦に使えるということだけじゃなくて、狩猟にも有用だというのが理由らしいね。

それで、この大会は外様の部外者の参加も認められている。

なので、今回はエルフ族の一名とアメリアの計二名がその枠での出場ということになる。

エルフは魔法と弓の使い手として有名な部族で、戦猫耳族《ワーキャット》は物理戦闘に特化した種族だ。

そして両方の部族が「弓」を十八番《おはこ》として掲げている。

当然、そこでは部族同士の誇りを懸けた熱いバトルが繰り広げられている。

なので、毎年双方の武術大会にそれぞれの代表選手を送って競い合うのが通例らしい。

と、僕たちは大会へのエントリーを済ませて昼食に向かっていたんだけど、そこでエルフの女の人が話しかけてきた。

「ふふふ、確か貴女――アメリアとおっしゃいましたか？」

「あなたは……エルフのアレクシアさんですか？」

金髪碧眼の長い耳で、いかにもエルフといった見た目の二十代くらいの女の人だった。

緑と白を基調とした衣装に、弓と矢。

まあ……やっぱり見たまんまエルフでございますって感じかな。

「実は私《わたくし》、三年前に貴女の弓の噂を聞いた時には冷や汗をかいたものでしてね。当時、私は五年連続両部族の大会で絶対王者として君臨していて……その座が危うくなるのではないか……と」

「こちらも貴女のことは良く存じています。『神弓』の言葉の通りに、まさに百発百中の精密射撃ですよね。三年前からも変わらずにずっと絶対王者ですし」

「しかし、まさか近眼治療のためにアルテミスの弓やら、面妖な道具でインチキをしようとは……。貴女のせいで昨日の晩大変でしたのよ？」

ニヤリと、そこでアレクシアさんは下卑た笑みを浮かべた。

「いやあ、エルフの里長が見学に前日から泊っていてラッキーでしたわ。エメラルダ様が中々に首を縦に振らないのには困りものでしたが、里長の言葉をさすがに邪険には扱えないようで……ね」

「……まさか貴女が？」

「ええ、まともにやっても負けるとは思いません。が、念には念を……ね。戦とは戦う前から勝敗が決まっているものです。弓の練習ばかりで、根回しの練習まではしていませんでしたの？」

なるほど。

直前になって「待った」がかかったのには、そういう事情があったのか。

しかし、弓の大会で政治的な寝技だなんて……。

いや、やられてしまったからには仕方ない。

ルールの違反は向こうもしていないだろうし、筋違いというレベルの難癖という風にも思えないしね。

「……でも、私にはこれがあります」

と、そう言ってアメリアは僕が渡した紙と針と紐を手に持ってニコリと笑った。

「ふふ、ははっ！　あははっ！　針と紙……それと紐？　そんなもので何をしようというのです⁉　そんなもので目が見えるようになるのであれば誰も苦労はしませんのよ？」

「これはヒロさんから頂いた品物ですからね。私はヒロさんを信じています。故に、貴女には負けません」

「ふーん。そこまで言うなら何か勝算もあるのでしょう。後学までに、その紙と紐を見せてもらっても？」

「ええ、構いませんよ」

そうしてアレクシアさんはアメリアから物品を受け取り、マジマジと眺めて「クスッ」と笑った。

「何の変哲もない物品ですわね。ま、何をするつもりか分かりませんが――ともかく残念でしたわね。私のクレバーな作戦でご自慢の弓術を発揮できないようになってしまって」

そうして「それじゃあね」との言葉を残して、アレクシアさんはその場から去っていったのだった。

と、そこでアレクシアさんの背中を見届けるアメリアは、僕に向けてニコリと笑顔を作る。

「まあ、相手がどんな小細工を仕掛けてきても、こちらにはヒロさんがいるので大丈夫ですよね？　紙と針と紐もありますし……ところでこれって何に使うんですか？」

「ええとねアメリア。ちょっと言いにくいことなんだけど……」

「はい、何でしょう？」

「今から僕の言う方法は本当にただの気休めに過ぎなくて、多分……いや、ほぼ確実に近眼をまともに矯正することはできない」

「え……？」

「ええとね、アメリア……手を軽く握ってごらんよ、穴を開けるようにね。それでその中を覗き込むんだ」

「こう……ですか？」

アメリアは自身の右手を望遠鏡のように覗き込んで、僕はうんと頷いた。

「小指を握ってみて。それで小さな小さな穴を作って、そこから何かを見てごらん」

「あ……ちょっとだけですが見えます！　そ、それで……ここから、どうやったらはっきり見えるようになるんですか⁉」

「そう、小さな穴を通してモノをみると近眼はわずかに矯正される。でも、見ての通りにほんの少しだけ見えるようになるだけなんだ」

「ええと、紙と針ってひょっとして……」

不安そうなアメリアには申し訳ないけれど、僕はただ力なく頷くことしかできない。

「その通り。紙で円柱を作って片側に蓋をしたものを作る。それで針で穴を作って……眼帯式のスコープを作るんだ。ただし、今の視界から分かる通りに気休めにしか過ぎないけど」

「……え？」

「何度も言ってるけど、これはただの気休めなんだ」

そう告げると、アメリアは呆然とした表情でその場に立ちすくんだのだった。

★☆★☆★☆★☆★

弓術大会は進んで、遂に最後の射手であるアメリアが勝負の舞台に立つことになった。

ちなみに、現時点でのトップはエルフの射手のアレクシアさんだ。

競技の内容は至ってシンプルで、十分の制限時間内に百メートル先の的に十本の矢を射るというもの。

的の中心点に当たったのなら十点。

そこから少し離れれば九点、八点、七点という風に、円形に区切られた領域ごとに点数が変わっていくという方式だ。

十分という時間が区切られているのは、風を読んでベストなタイミングで射る技術も見るという観点からということだね。

で、射手の立ち位置についたアメリアは、ただただ不安げに僕に視線を送ってきている。

「って、そんな風にこっちを見られても、僕にできることはもう無いんだよなあ……」

申し訳ない気持ちになるけれど、僕にはアメリアの武運を祈ることしかできない。

はたして、僕の気休めがどこまで通用するか。ここはもう天に祈るしかないだろう。

そして「競技開始」の合図と共にアメリアは針で紙に小さい穴を作り始めたんだけど……。

「きゃあぁ！」

紙が発火して、アメリアが甲高い声でそう叫んだ。

炎上した紙はアメリアの手から落ちて、すぐに地面で黒焦げになって燃え尽きてしまった。

「ど……どういうことなんだ⁉」

と、そこで僕は先ほどのエルフの射手のアレクシアさんを思い出して舌打ちした。

──あの時……アメリアが紙を渡した時に何か仕掛けられたんだ
エルフの魔法は時限起動式の魔法陣が有名だとは聞いたことがあるけど、しかし、それにしてもあの短時間で？

「いや、紙を燃やす程度なら……簡単な魔法陣でどうとでもなるのか？」

さあ、不味いぞ。

これでアメリアは気休めすらも失ってしまったことになるわけだ。

これはいよいよ詰んだかもしれない。

そう思って、僕は天を仰いだのだった。

サイド：アメリア

——眼鏡も無い
——アルテミスの弓も無い
——気休めの紙すら無い

さて、本当に困りました。

視力を矯正する道具は全て無く、完全に丸腰の状態です。

とはいえ、私にはもう策はありません。

このままだと妹は……エメリアは弱者の家系だという理由だけで全てを奪われて、無理やりに好きでもない相手と結婚させせられてしまいます。


——ヒロさんにお願いしてエメリアをお屋敷に連れていってもらう？


そんなことが頭を掠め、私は思わず自分自身に対して呆れて笑ってしまいました。

そもそも、今の状況って、私自身が撒いた種じゃありませんか。

氷の眼鏡にしても、大長様のおっしゃる通りに自分で再現できないものなど、あらゆる事態が想定される戦の場では役に立たないのです。

――製法を学ぶチャンスならいくらでもありました

でも、凸レンズとか凹レンズとか焦点がどうのとか……難しい単語を聞いただけで、最初から私は全てを諦めてしまっていたのです。

いいえ……と、そこで私は首を左右に振りました。

――私はヒロさんに甘えていただけなんです

ヒロさんが私に何かをしてくれることが、二人の絆みたいに感じて……それが嬉しくて。

それも大きな理由なんだと思います。

考えてみれば、私はあの人と出会ってから……ただ、ひたすらに何かを与えられるだけでした。

そして気づけばそれが当たり前になっていて、その結果がこのザマです。

――ごめんねエメリア

情けないお姉ちゃんで、ごめんなさい。

と、呟いた時、私の脳裏をこんな言葉が掠めました。

――氷のレンズなんて、こんなの製法知ってれば誰にでも作れるんだけどな
誰にでも……作れる。

ヒロさんは確かにそんなことを言っていました。

難しい理屈が分からない。

私には無理と最初から諦めていました。でも、確かにヒロさんは誰にでも作れると言っていました。

私は、私のことが自分自身で好きとは思えません。

だって、甘えてばかりで、ヒロさんに頼ってばっかりで……。

けど、ヒロさんのことは大好きです。あの人の言葉なら、信じられます。

そしてヒロさんは言ったのです。

――誰にでも作れると

ならば、こんな私にでも……難しいことの分からない私にだって作れるんです。

そう、製法さえ知っていれば。

でも、製法なんて知りません……いや、知っています。

理解しようとしていなかっただけで、今まで目の前でヒロさんが作るのを何度も見ていた

じゃないですか。

だったら、知ってます……作れます！

ヒロさんは眼鏡を作る時に、何をしていたのか——

——思い出す……思い出すんですっ！

眼鏡のフレームに透明な氷を張って、目のこちら側の部分の氷を少しずつ削って矯正度を調

整するだけ……そう、ただそれだけです。

必要なのは、生活魔法に毛が生えた程度の簡単な魔力調整。

それくらいなら……私にだってできます。

でも、眼鏡のフレームがありません。弓は両手で使う以上、眼鏡の代わりになるようなもの

を作っても……片手が塞がるなら意味はありません。

フレームがあれば手を使う必要はないのですが……無いならどうしましょうか——

──こうすれば良いんですっ！

氷結魔法を行使します……狙う先は的の真ん中です！

サイド：ヒロ＝ローズウェル

アメリアの様子が、どうにもおかしい。

さっきから弓を構えている彼女から、微力な魔法行使の魔力の流れが感じられるようになった。

そして彼女の弓に小さい氷柱《ひょうちゅう》が生えてきて──それが彼女の目に向かって伸びてきたところで僕は絶句した。

「あれは……スナイパースコープ？　はは、はは……ははは っ！」

と、僕は思わず笑ってしまった。

いつも「難しいことは分からない」と言って、レンズを作るのに拒否反応を示していたけど……。

何だ、僕がいなくてもちゃんと自分で考えてできるんじゃないかアメリア！

しかし、眼鏡用途とはいえ、スナイパースコープに辿り着く……か。

フレームが無い状況の咄嗟の判断で、この発想が出てくるとはね。

まあ、人間の考えることは文化が違えど、一緒ということなんだろう。

そう、きちんと考えれば、そこが異世界でも――それが正答である限り、必ず同じ答えに辿り着く。

そういうものなのだろう。

「ど、どういうことだヒロの旦那⁉」

スミノフさんの問いかけに、僕は大きく頷きこう言った。

「勝った――そういうことですよ」

そうしてスコープを作り終えたアメリアが、大きな声でこちらに向けて呼びかけてきた。

「ありがとうございますヒロさんっ！」

「ああ、アメリア！　後は君の腕次第だ！」

「任せてください――風良しっ！　弓と矢――良しっ！」

そう言うと、彼女は矢を持って、弓に矢をつがえた。

「視界――良しっ！」

そのまま力強く弦《つる》を引いて、彼女は矢を放った。

ビュオン。

風を切る音が鳴り、続けざまにドスンと矢が刺さる音。

つまりは、的のど真ん中にアメリアの放った矢が突き刺さったのだ。

「次っ！　次っ！　次っ！」

まさに電光石火の矢継ぎ早――。

寸分たがわずに、的の中心に次々とアメリアの矢が吸い込まれていく。

神の御業とも呼べる、精密射撃。

観客の誰しもがその早業に息を呑み、僕の後ろに立っている元山賊さんたちは口々に大声で叫んだ。

「すげえぇぇ！」

「やっぱりあの嬢ちゃんタダモノじゃねえ！」

「この早業は……帝都の弓術大会でもそうそうお目にかかれねえな」

「ちなみにスミノフさん？　【軍団指揮】のスキルで……弓の命中精度にもステータス補正ってかかるんですか？」

「強弓を引く力なんかは得られるだろう。が、命中精度は完全な武技だから範囲外だ。それは俺の剣術だってそうなんだがな」

と、なると、これはやっぱり100％彼女の実力ということだろう。

「わー！　ますごいー！　とんとんとんってぜんぶまんなかなんだよー！」

「うむ。ゴルよ……あれは凄いのじゃ。我もその昔に出会った龍殺しの弓使いを思い出して——震えてくるぞ……っ！」

そして、瞬く間に全ての矢がド真ん中に入って——。

しばしの静寂の後、会場の全てをアメリアを称賛する大声援だけが満たすことになったのだ。

★☆★☆★☆★☆★

「貴様は追放だ！　このエルフの恥さらしが！」

エルフの射手のアレクシアさんについては、そういうことになった。

と、いうのも大会の審判長であるエメラルダさんから、エルフの里長に抗議があったという話だ。

エルフの里長にしても、政治力での圧力までは「模擬戦争の範囲内」ということでアリみたいだったんだけど、直接的な妨害はさすがに看過できないという理屈みたいだ。

それでアレクシアさんはがっくりと肩を落として、戦猫耳族《ワーキャット》の里を去っていったんだけど……。

そんな姿を見てちょっとだけ可哀想な気持ちになったけど、これはまあ仕方ないんだろうね。

と、まあそんなこんなで――。

戦猫耳族《ワーキャット》の一大イベントが終了したのでその夜は里の広場で宴会になった。

戦猫耳族《ワーキャット》の人たちが豪勢な料理を作ってくれていたんだけど、ごちそうになるだけじゃ悪いってなもんで僕も調理をお手伝いしたってわけだね。

「人間の領主が作った料理……尋常じゃないぞ！」

「カラアゲ美味しい！」

「サクッとしてて美味しいっ！」

「噛めば噛むほど美味い肉汁が溢れ出てくるっ！　で、ここで赤ワインを流し込むと――」

「「「くううううーっ！」」」

と、そんな感じでみんな大好きなカラアゲは異世界でも大好評のようだ。

で、アメリアの妹のエメリアも僕の料理が口に合ったみたいで、嬉しい限りだよね。

「お姉さま……ヒロ様の料理は物凄いですね！」

「でしょう？　私も初めてスライム鍋を食べた時はビックリしたものですよ」

「スライム鍋⁉　そんなものを食べるのですか⁉」

「スライム鍋の他にも生姜焼きやらフライやら……本当に凄いですよ」

「スライム鍋はご遠慮したいですが、ショウガヤキという食べ物は気になりますね！」

うーん。

スライムって本当にゲテモノ扱いなんだね。

食べてみればコリコリしてて美味しいんだけどなぁ……。

「ぱぱーからあげおいしーねー！」

「ポテトフライもたくさんあるからね」

「わー！　すごーい！　ぽてとすごーい！　あちあちでおいしーねー！」

やっぱりポテトフライは万国共通で子供に大人気だね。

「美味いのじゃヒロ！　ポテトフライはやっぱし美味しいのじゃ！　酒もすっごい進むのじゃ！」

メタボで悩む人にポテトフライが人気なのも……万国共通か。

まあ、ここはちょっと皮肉な感じで、思わず苦笑いがこぼれてしまう。

でも、古代龍さんも腹八分目を実践していて、体重もちゃんと減少傾向にあるらしい。

と、いうのもしょっちゅうウチに来て暴飲暴食している感じだけど、それ以外の時は実は粗食に徹しているんだそうな。

曰く「我慢すればするほど美味しくなる」ということで、本人的には今の食生活が最適という説を唱えているらしい。

と、そこで酒瓶を持ったエメラルダさんがやってきて、カラアゲをひょいっとつまんで僕とアメリアの横に座ってきた。

「アメリアよ、これから貴様はどうするつもりだ？」

「どうするとおっしゃいますと？」

「弓術大会で貴様の弓術の腕の復活は周知された。強者は我が里では尊敬の対象であり、年齢を重ねれば貴様はいずれは里の上役となり、大長の道すらも開かれているだろう」

「……そうですね」

「で、どうするのだ？」

「……私の帰る場所は……もう決まっています」

アメリアは僕をチラリと見てから、ペコリとエメラルダさんに頭を下げた。

「だろうと思ったよ」

と、エメラルダさんは肩をすくめてカラアゲをパクッと一口。

「うむ、やはり美味い。しかし……大長のポストをチラつかせてもフラれてしまうか。まあ、私も大長でさえなければ……こんな料理が毎日食べられるなら、そちらに行きたいがな」

いや、完全に僕が置いてけぼりで話が進んでるんだけど……。

まあ、アメリアならいつまでも屋敷にいてもらって良いけどさ。

と、そこでエメラルダさんは僕の肩をポンと叩いた。

「この酒宴は友好的な隣人を迎えた記念という意味合いもある。今日は是非とも飲んで騒いで楽しんでほしい」

「ええ、ありがとうございます」

そうしてエメラルダさんは向こうの方で盛り上がっている、元山賊さんと戦猫耳族《ワーキャット》の女の人たちのところへと千鳥足で向かっていったのだった。

★☆★☆★☆★☆★

で――。

しこたまに飲んだ夜半、広場にはみんなの寝息以外に音は無く、中央の焚き木の火がゆっくりとゆらめいていた。

少し飲み過ぎたらしく気分が悪いというアメリアを連れて、僕らは広場から出た。

そして、酔い覚ましがてらに風通しの良い丘を登り、頂上に到着すると同時に大岩に腰を下ろした。

「水だよアメリア」

「ありがとうございますヒロさん」

「しかし、星の綺麗な場所だね」

「ええ、ここは子供の時からのお気に入りの場所でしてね。夜は星が綺麗だし、昼間は見晴らしが良いし……」

見上げると、そこには確かに一面の星空が広がっていた。

色とりどりの星がきらめき、天の川のような星雲がいくつも見える。

電気の光に満たされた現代の都会なんかでは絶対にお目にかかれない圧巻の光景に、僕は思わず息を呑んだ。

「今日は本当にありがとうございました。おかげさまで妹のエメリアも……助かりました」

「お礼を言うなら眼鏡を考えた人に言った方が良いと思うよ」

「いいえ、それでもヒロさんは凄いんです」

「だから、凄いのは……それを考えた人がってことだよね」

「……」

「……」

「謙虚なのですね」

「事実だからね」

その言葉で「頑固な人ですね」とアメリアはクスリと笑った。

「あの……私たちって対外的には夫婦ってことになってるんですよね？」

「嫌ならやめるけど？」

「いいえ、全然嫌じゃないんです。ただ、思うところもありまして……」

「思うところ？」

そこでアメリアは大きく息を吸い込んで、覚悟を決めたようにギュッと拳を握りしめた。

「ええとですね……実は正直な話をすると、一番最初に会った時は……ヒロさんはなんだか頼りなく見えました」

「まあ、頼りがいのあるタイプではないだろうからね」

「でも、ヒロさんと接する時間が増えるにつれて、凄い人なんだなーって……ただただ驚くばかりで」

「スキルの力も誰かに与えられたものだし、古代龍さんやゴルちゃんだって別に僕の力じゃないよ？　知識にしたって誰かの受け売りだし……」

と、そこでアメリアは首を左右に振った。

「それでもヒロさんは私にとってのスーパーヒーローなんですよ。何でも知ってて何でもできて……それなのに、いつも自分の手柄みたいには絶対に言わなくて。そして何より……他人のことを第一に考える優しいヒロさんが……私は大好きです」

「……え？」

「……大好きです。男性として」

さて、最近グイグイ来るなとは思っていたら、いきなり今日は直球で来たな。

もう、こんなの完全に逃げ場なしじゃないか。

で、アメリアは顔を真っ赤に染めて、ただただ僕のことをじっと見据えてきている。

微かに震える体を見れば、どれほどの勇気を振り絞って今の言葉を言ったのかは想像に難くない。

「あの……ヒロさん？」

「なんだい？」

しかし……と、半ば涙目になっているアメリアを見て僕は思う。

僕としてはあまりにも時期尚早ということで、これまではスルーしていたんだけど、それは間違いだった。

震える肩も、勇気を振り絞った様子も、結果的に僕がそうさせてしまっているわけで……そうさせてしまった自身を情けなく思い、そしてアメリアの行動をたまらなく愛おしく思う。、

「私を……貴方の本当のお嫁さんにしてほしいんです。対外的とか、形だけとかじゃ……そう

いうのじゃなくて」

「うん、僕も君と同じ気持ちだ。君さえよければ、是非ともそうしよう」

アメリアが大きく目を見開いたところで、僕は間髪を容れずに彼女をギュッと抱きしめた。

まあ、これは彼女の気持ちに気づいた時に、僕の心の中で決定していたことでもある。

転生前から猫耳には目が無い僕が……この異世界で猫耳の女の子に初めて出会ってしまったんだから、あの日、あの時、あの瞬間にアメリアを一目見た時に惚れてしまったのは、必然だったのだろう。

そして、その一目惚れという名の直感に間違いはなかったのだと。

――彼女と過ごした時間は、確かに僕にそう伝えてくれている。

だから、これで良い。

そして僕はアメリアの唇に、そっとキスをした。

エピローグ　～一方その頃、ローズウェル家本宅領主執務室にて～

サイド：オリバー＝ローズウェル

「どういうことだ!?　何故に農作物が育たん！　作物が死ぬ前に日照りは収まり、恵みの雨が降ったのだろう!?」

　私の問いかけに、秘書のマーズは苦虫を噛みつぶしたようにこう言った。

「いえ……育っているのは育っているのです。しかし育ちが以前と比べて……明らかに遅いのです、旦那様」

「馬鹿を言うな！　長男のマリソンのおかげで、領地の農作物栽培速度は上がっているはずだ！」

「学者も調べましたが、坊ちゃまの農地スキルはきちんと作用しています。学者曰く、十三年前からの農地への神の加護が消えているとしか考えられないと……」

「祝福は百年続くはずだろうにっ!?　何を言っているのだ貴様は！」

「前代未聞のことなので、原因究明中……と、現状で申し上げられるのはそれだけです」

「くそう、いつまで続くというのだ！　この不作は！」

「分かりません。あるいはずっとこのまま……ということも」

「もう良いっ！　無能どもめっ！」

飲んでいたティーカップをマーズに投げつける。

頭から紅茶をかぶったマーズは文句一つ言わずに、ただただその場で直立不動だ。

まあ、文句の一つでも言った瞬間にクビにされるのが、こいつ自身も良く分かっているのだろう。

そうなのだ。

前世でも、そして今世でも――私に逆らう奴は全員クビだ。

今までずっとそうやってきたし、これからも私のスタンスは変わらない。

しかし……。

干ばつが去ったと思えば、今度は我が領土から農作物栽培促進の加護が消えているような兆し……だと？


――貴方……必ず後悔するわよ？


大賢者リリアンの言葉が脳裏を掠める。

思えば、十三年前……ヒロの生まれた年から我が領土の農作物の収穫スピードは異常になった。

「まさか、あれの出生が原因だった？」

いや、そんなことがあるはずはない。

あれは当家始まって以来の出来損ないのはずだ。

しかし、大賢者リリアンはヒロを追うと言って姿を消した。

奴が言うには、ヒロがいないのであれば当家に逗留《とうりゅう》する価値は無いという話だが……。

しかし、あれはまがりなりにも大賢者と呼ばれる女だ。

本当にヒロにそこまでの価値があったのか？


——転生者としての特典を……私の知らないところで持っていたとでも言うのか？


と、そこでドンドンと執務室のドアを叩く音。

「旦那様！　急報です！　緊急の報告です！」

「何だ！　次から次とっ！」

「北方の異民族が攻めてきました！　大賢者様がこの地から去ったという情報を掴んだようです！」

「何だと⁉　北方の蛮族共が⁉」

「主力の詰めている国境の砦で持ちこたえておりますが、もって二週間という報告です。そこを抜かれれば城下町まではガラ空きで……もう終わりです！」

「王都に救援の伝令を送れ！」

「既に送っております！　しかし、軍を組織しての行動となると二週間ではとても間に合いません！」

「くっそ……リリアンめ！　肝心な時にいないとは……領土を持たぬ名目だけの伯爵を、何のためにこの屋敷に置いて贅沢三昧させていたと思っている！　他に……他に誰か戦力になりそうな奴はおらんのか⁉」

「魔性の大森林付近で龍使いの少年の目撃談が複数発生しています。金龍と銀龍を操る……ヒロと名乗る龍使いが現れたと」

「ヒロ……だと？」

リリアンの言葉が再度頭の中で響いてくる。

――貴方……必ず後悔するわよ？

これはもう、さすがに人違いということはないだろう。

そして、間違いない。

――ヒロは転生者として、何らかのチートスキルを所持している

最低でも、金龍と銀龍を操る龍使いとしての力。

それは個人が所有するにしては気の遠くなるような戦力だ。

しかも、そこに大賢者リリアンが合流するとなると、奴の各種バフスキルで……更にとんでもないことになるはずだ。

無論、それらの戦力で北方の砦に駆け付ければ、蛮族共を押し返すことは容易いだろう。

しかし、ここで問題が生じるのだ。

「私にヒロに頭を下げて……戻って来いとでも言えというのか⁉」

くそ、くそ、クソッ！

今更、ヒロに……かつての部下の飯島に頭を下げろだとっ⁉

自慢ではないが、私は社長だった時も、今現在も……部下に頭を下げたことなど一度もない。

部下というのは上の者に気を遣って、ペコペコと頭を下げて奴隷のように馬車馬のように働くために存在する生き物で――


――くううう！

と、そこまで考えた私はその場で、悔しさのあまりに膝をついたのだった。

つづく

〈引用文献〉
・『心に残る人生の名言 - 偉人の名言とその出典 - 』ウェブサイト（URL……http://www.mm-labo.com/culture/WiseSaying/a/amenimomakezu.html「雨にも負けず」より）

あとがき

初めましての方は初めまして、そうでない方はいつもありがとうございます。

白石新です。

普段はネットで小説を投稿しています。

人気が出たら作品に対して書籍化打診がきて、本が出るということが多いです。

が、今回はありがたいことに白石個人にオファーがきての、書下ろしとなりました。

ここ最近は、『ネット小説』としては発表しない形で、編集様と相談して出版に向けて企画を具体化していく……。

そんなことをやる機会が増えたのですが、記憶にある限りでは編集様と相談しながら一から作ったという意味では、今回の作品が初めてですね。

と、いうことで今回は貴重な経験をさせていただきありがとうございます。


それでは謝辞です。

美麗なイラストで表紙を飾っていただいた、イラスト担当の転先生！

本当に素晴らしいイラストで、編集者様と一緒に大喜びしたのを今でも鮮明に覚えています。

ありがとうございます。


また、一から一緒に作品を作っていただいた担当編集者様。

鬼のような改稿指示&校正作業でしたが、その分クオリティは確実に上がったと思います。

ありがとうございます。


そして何よりもお買い上げいただいた読者の皆様方に、本当にありがとうございます。

現時点で二巻が刊行予定と聞いておりますので、よほどの想定外のことが起きない限りは二巻も出るかと思います。

その際は、また「あとがき」でお会いできれば幸いです。

白石《しらいし》 新《あらた》

追放された転生貴族、外れスキルで内政無双1
～気ままに領地運営するはずが、スキル『ガチャ』のお陰で最強領地を作り上げてしまった～

2021年11月26日　初版第1刷発行

著　者　白石新

発行人　菊地修一

編集協力　佐藤麻岐

編　集　今林望由

発行所　スターツ出版株式会社

〒104-0031　東京都中央区京橋1-3-1　八重洲口大栄ビル7F
☎出版マーケティンググループ　03-6202-0386
（ご注文等に関するお問い合わせ）

https://starts-pub.jp/

印刷所　大日本印刷株式会社

ISBN　978-4-8137-9107-2　C0093　Printed in Japan

[白石新先生へのファンレター宛先]
〒104-0031　東京都中央区京橋1-3-1　八重洲口大栄ビル7F
スターツ出版（株）　書籍編集部気付　白石新先生